TRILOGIN
OM
GUSTAV

En novellsamling av

Thore Johansson

Utgiven av NMG PUBLISHING

ISBN: 978-91-982285-5-7

Av samma författare har tidigare utgivits:
ÄVENTYR I BERGSLAGEN (2013)
MINA BÄSTA DIKTER (2015)
GUSTAV PÅ NYA ÄVENTYR (2016)

INNEHÅLLSFÖRTECKNING

ÄVENTYR I BERGSLAGEN

GUSTAV PÅ NYA ÄVENTYR

LIVSFARLIG SJUKVÅRD

ÄVENTYR
I
BERGSLAGEN

KAPITEL 1

Resan till Lexbo

Gustav satt i sin bil och åkte genom de ödsliga Bergslagsskogarna. Han var på väg till Lexbo, ett pensionat som låg ödsligt beläget mitt i hjärtat av Bergslagen. Han hade planerat att stanna där några veckor. Han behövde vila upp sig men också hålla sig undan för polisen och för kronofogden som båda var ute efter honom.

För Gustav hade det mesta gått snett i livet och han hade onekligen sett bättre dagar. Genom en olyckshändelse hade han blivit svårt rörelsehindrad och kunde förflytta sig endast med hjälp av kryckor. I och med olyckan hade han förlorat ett välbetalt arbete som försäljare och han fick nu dra sig fram på tillfälliga arbeten. Hans ekonomi var undergrävd och han hade förlorat sin familj. Fordringsägarna hade vänt sig till Kronofogden för att få betalt och polisen hade kopplats in därför att han fört in en felaktig siffra i sin deklaration.

Gustav ansågs nu vara en ekonomisk brottsling.

När han satt där i sin bil på väg mot det okända tänkte han på hur samhället fungerade. Det fanns en massa byråkrater som avlönades av skattemedel och som hade till uppgift att göra livet surt för den enskilda människan. Samhällsservice såsom sjukvård äldreomsorg och dylikt blev bara sämre medan antalet byråkrater bara ökade.

Gustav undrade hur länge människorna skulle acceptera detta och han kom till att det snart var dags att protestera. Längre kom inte Gustav i sina funderingar. Han hade ältat detta tillräckligt många gånger inom sig för att inse att det var lönlöst. Samhällsmaskineriet kunde inte en enskild rå på. Gustav hade många gånger funderat på att flytta utomlands men handikappad som han var trodde han inte att han skulle klara sig där.

Det var sent på kvällen. Han hade inväntat posten innan han startade från Grottköping. Förr i tiden kom posten alltid på förmiddagen men på grund av att antalet brevbärare minskal så kommer posten numera inte förrän sent på eftermiddagen. Gustav förstod att det blivit nödvändigt att minska ner på antalet brevbärare annars skulle inte Postverket inte ha råd att avlöna sin chef med en halv miljon kronor per månad. Någonstans måste ju pengarna tas.

Gustav hade planerat att vara framme i Lexbo före midnatt. Han hittade vägen eftersom han åkt där många gånger på den tiden han arbetade som försäljare. Plötsligt hände något och bilen började kränga och Gustav förstod att han hade fått punktering. Fanns det något olämpligare ställe att få punktering på undrade Gustav och det kunde man verkligen fråga sig.

Klockan var nästan tio på kvällen och det var alldeles mörkt ute. Han kunde inte byta däcket själv på grund av sitt handikapp och eftersom vägen var glest trafikerad så fanns ingen hjälp att få förrän det ljusnat. Gustav klev ur bilen och tog sina kryckor och gick vägen fram för att söka efter ett bebott t hus där han kunde låna telefonen för att ringa efter hjälp.

Efter ett par hundra meter ser han en stig som gick upp i skogen. Han följer stigen och kommer så småningom till en enslig belägen stuga. Han tar mod till sig och knackar på dörren. En äldre herre öppnar, Gustav tycker att han ser konstig ut eftersom han en yxa i ena handen. Han framför sittärende och mannen ber honom stiga in. De kommer in i köket där det dukats för kvällsvard. Gustav kunde se att det dukats för två men han kunde inte se att det fanns någon annan människa i huset. Han bjöds att äta och hänvisades sedan till ett rum där han fick sova över natten. Han gick till sängs och somnade tvärt.

Han vaknade inte förrän långt in på förmiddagen och gick ut i köket. Han kunde inte se till den gamle mannen. Han tittade igenom huset men hans värd verkade vara försvunnen.

Han åt sin frukost och skrev några rader på en lapp och tackade för gästfriheten. Därefter lämnade han stugan för att leta reda på sin bil.

Han hittade bilen och efter någon timme kom en timmerbil och han fick hjälp att skifta däck på sin bil. Han startade bilen och efter någon timme var han framme vid Lexbo pensionat. När han kom fram fick han veta att han väntats redan kvällen innan och han berättade då varför han blivit försenad. Han såg att damen i receptionen såg bekymrad ut och när han för andra gången berättade var han övernattat blev hon skräckslagen.

Gustav frågade varför hon reagerat så men han fick inget svar. När han så småningom tog sitt rum i besittning hade han fått en del att fundera över. Han tänkte på receptionistens reaktion och han förstod att det var något som inte stämde. Han undrade om han någonsin skulle få veta om vad han hade upplevt. Han hade emellertid kommit till pensionatet för att lösa andra problem och han hade varken tid eller lust att fördjupa sig i detta problem. Han packade upp och beslöt att vila lite förc lunchen.

KAPITEL 2

Pensionatets gäster

Det var lunchdags och Gustav gick ner i matsalen. Den var betydligt större än vad han hade föreställt sig och det var uppenbart att detta pensionat hade sett bättre dagar.

Gästerna var dock inte så många inalles sju personer inklusive Gustav. Gästerna var placerade vid två bord. Där satt Sverker som var en man i 75-årsåldern. Han var pensionerad polis och vad Gustav kunde förstå en naturintresserad människa Han bodde i en servicelägenhet nära den kungliga huvudstaden men han sökte sig till Lexbo några veckor varje vår. Han var änkling sedan många år och han hade inga barn. Efter mer än fyrtio år i yrket var han miljöskadad och präglades av sin långa polisgärning. Han var kronisk misstänksam och betraktade alla okända som bovar.

Där fanns också Stina som var en dam i 80-årsåldern som under hela sitt vuxna arbetat på posten. Hon präglades av statstjänstemannens noggrannhet. Hennes numera avlidne make hade arbetat på skattemyndigheten så Stina var väl insatt i denna myndighets arbete. Gustav fick lära sig att skattefuskare skulle klämmas åt och detta var något som även Sverker instämde i.

Leonard var även han i 75-årsåldern och var pensionerad biologilärare som sökte sig till Lexbo varje vår. Han bodde i Länshuvudstaden tillsammans med sin hustru men eftersom hon inte delade sin makes intresse så följde hon aldrig med honom dit. Leonard var pedant och delade in allting i klasser. Gustav betraktade honom som tjatig.

Anna var en dam i 65-årsåldern. Hon hade i sin ungdom varit verksam som lärare och hade besökt Lexbo för att uppleva gamla minnen. Hon var inte gift och hon hade ingen familj. Hon var inne på sitt första år som pensionär.

Vid ett särskilt bord satt Johan och Per som båda verkade vara i 40-årsåldern. Gustav betraktade dem som katter bland hermelinerna. De beblandade sig inte med de övriga gästerna och ingen av de övriga gästerna visste något om dem. I receptionens liggare stod de inskrivna som direktörer. Flera av gästerna ansåg att de var ute på något skumt uppdrag och Gustav kunde konstatera att om man ingenting visste så spekulerade man.

När Gustav gick in i matsalen så stannade all verksamhet där och allas blickar var riktade mot nykomlingen. Han satte sig vid ett bord för sig själv eftersom han förutsatte att han annars skulle få svara på en mängd frågor och han hade ingen större lust att vända upp och ner på sig denna dag. Han var dock övertygad om att detta korsförhör skulle komma ganska snart så det var bäst för honom att förbereda sig. Han lät maten väl smaka och när han ätit färdigt gick han ut för att bekanta sig med omgivningarna.

KAPITEL 3

Torpare Jans berättelse

När Gustav gick ut genom pensionatets grind denna dag hade han en hel del obesvarade frågor. Dels receptionistens reaktion på hans berättelse om föregående natt och dels vad de övriga gästerna hade för ärende.

Ute rådde en storslagen grönska som var njutbar att se på eftersom de flesta vårblommor hade slagit ut. Gustav tog av till höger i riktning mot sjön. En hare skuttade iväg en bit från honom. Den hade troligen störts av hans fotsteg. För övrigt var allting tyst omkring honom och det kändes som om han befann sig i en trollskog. Han kunde säkert träffa på vad som helst här men nyfiken som han var så fortsatte han vägen fram. Nere vid sjön var allt tyst. Några änder lyfte från vasskanten och de landade inte förrän de var långt ute på sjön.

Ute på sjön kunde Gustav se en ensam äldre man i en roddbåt. Han rodde mot land och landade några få meter från Gustav. Gustav gick fram till mannen och hälsade. Den gamle mannen hälsade artigt tillbaka och bjöd hem Gustav till sin stuga. Gustav tackade artigt ja och så gick de båda upp för kullen till den gamles stuga.

Gustav fick veta att den gamle mannen hette Jan och att han kallades Torpare Jan av folket i bygden. Han var barnfödd i den stuga där han fortfarande bodde. Stugan var ett gammalt soldattorp och hans fader hade varit indelt soldat. Mannen hade haft elva syskon så det hade säkert varit trångt i stugan åtminstone en tid. Jan tog så småningom över stugan och sedan många år levde han ensam i stugan. Han hade försörjt sig på skogsarbete och för att dryga ut kassan hade han odlat potatis och grönsaker och han hade också dragit upp en och annan gädda ur sjön.

Gustav lät Jan veta att han skulle bo på Lexbo pensionat ett par veckor och att han var ute för att bekanta sig med omgivningarna. Jan lyssnade intresserat till hans berättelse. Han berättade också om resan till Lexbo mest för att se hur Jan skulle reagera och reaktionen uteblev inte. Jan tittade upp på Gustav och blev gravallvarlig. Han frågade om Gustav kände till trakten och han fick ett nekande svar.

På Gustavs uppmaning berättade Jan att i den stuga som Gustav beskrivit bodde för cirka fyrtio år sedan ett äldre par. Mannen slog ihjäl hustrun med en yxa och hängde sedan sig själv. Sedan har ingen bott i stugan men flera personer har hört ljud därifrån och sett att det lyst i stugan. Gustav kände sig illa till mods och han frågade Jan om det hände flera oförklarliga händelser i trakten och nog hade det gjort det.

Det händer mycket konstigt här sade Jan och började berätta. Cirka fem kilometer härifrån finns en skogstjärn som kallas Svarttjärn. Sjön är omgärdad av några kullar. På en av kullarna visar sig ibland Rasken, en man som blev mördad och begravd för cirka två hundra år sedan. Mannen fick aldrig ro i sin grav och flera personer har sett honom stå uppe på en av kullarna. När han visar sig är detta ett tecken på att någon i trakten skall dö.

Några hundra meter därifrån ligger ett ödetorp och där har flera personer sett en som inte hade något huvud. Erik i hultet, en lantbrukare i trakten var i dessa trakter för att hämta ett lass ved när han fick se en vagn som drogs av denna häst och sedan dess har han varit som tokig.

Gustav frågade också om Lexbo och fick veta att det var ett pensionat med gamla anor men att det gjort konkurs flera gånger. Sedan ett par år drivs det av ett par herrar från Stockholm. Ingen vet varför de köpte pensionatet eller vilka de är. Pensionatet har på senare år haft mycket få gäster och Jan trodde inte att det lönade sig.

När de skildes ville Jan att Gustav skulle titta in igen och det lovade han att göra ty han hade en känsla av att det skulle bli aktuellt med ett nytt besök ganska snart. När han lämnade Torpare Jan hade han flera obesvarade frågor än när han kom. Det var långt lidet på eftermiddagen så han beslöt att gå tillbaka till pensionatet där det snart skulle serveras middag. Han kom tillbaka till Lexbo några minuter innan middagen skulle serveras men han satte sig ändå i matsalen för att invänta de övriga gästerna. Torpare Jans berättelse ringde fortfarande i hans öron.

KAPITEL 4

Samtal vid middagsbordet

Anna var den första som kom in i matsalen. Hon fick syn på Gustav och satte sig vid hans bord. Hon presenterade sig och sade sig förmoda att Gustav var den nya hyresgästen. Gustav presenterade sig också och förklarade att han kommit för att komma ifrån storstadens jäkt. Här finns verkligen mycket att njuta av menade Anna. Jag var lärare här i min ungdom men flyttade härifrån för fyrtio år sedan. Skolan är nedlagd nu och några skolbarn finns väl inte längre.

Gustav berättade om Torpare Jan och Anna såg förvånat på honom. Lever han fortfarande frågade hon. Han var ett original redan för fyrtio år sedan. Han hade en del intressanta saker att berätta upplyste Gustav om. Tro inte på allt han säger genmälde Anna för han fabulerar en hel del. Hur är det då med Svarttjärn undrade Gustav och med närbelägna ödetorpet. Anna varnade Gustav för att tro på den historien. Gustav frågade om Anna hade hört talas om yxmordet för fyrtio år sedan. Det hade hon eftersom det hade hänt under det sista året som hon arbetat på orten. Gustav upplyste om att han övernattat i den stugan föregående natt och han berättade vad som hänt honom. Anna kunde konstatera att det händer konstiga saker i dessa trakter.

Nu hade de andra gästerna slagit sig ner vid bordet och samtalet kom att handla om andra saker. Sverker kände väl till mordet och hade en del detaljer att berätta och även om berättelsen hade ett visst intresse så var detta inte ett lämpligt samtalsämne vid middagsbordet. Stina ansåg att denna trakt var tillhåll för ekonomiska brottslingar och hon ansåg att sådana borde klämmas åt.

Gustav beslöt att söka upp Anna senare på kvällen för att avsluta deras samtal. Alla gäster var intresserade av att lära känna Gustav fast han var inte lika intresserad av att göra deras bekantskap. Leonard berättade om de blommor han hade träffat på och han tipsade om var man kunde som fotografera Guckusko som var en sällsynt orkidé. Gustav var inte det minsta intresserad av vad Leonard sade men han låtsades ändå lyssna. Johan och Per satt som vanligt vid ett särskilt bord och de ville inte beblanda sig med övriga gäster. Det är något som inte stämmer med de där sade

Sverker och Stina var säker på att de var ekonomiska brottslingar. Hon tillade att det var alla direktörer. De flesta instämde i detta ty det fanns inte så många ärliga människor nuförtiden.

Alla gästerna ville veta vem nykomlingen var och Gustav berättade valda delar av sitt livs historia. Han kunde ju inte berätta hela sanningen för en kvinna som varit gift med en man som arbetat på skattemyndigheten och för en före detta poliskommissarie. När Gustav lämnade matsalen den kvällen var han övertygad om att han inte skulle prata mer än nödvändigt med vresig Sverker, Stina eller Leonard. Däremot kunde nog Anna ha en del intressant att berätta.

Efter ungefär en timme knackade han på dörren till Annas rum. Hon var inte redo att ta emot besök utan kom och öppnade endast iförd morgonrock. Gustav bad om ursäkt för att han kommit olämpligt och erbjöd sig att komma tillbaka senare. Anna bad honom stiga in och vänta medan hon klädde sig och efter en stund kom hon tillbaka iklädd en blommig klänning och satte sig på soffan mitt emot Gustav.

Du har fått en del information av Torpare Jan sade Anna men är din berättelse om övernattningen riktigt sann? Ja sade Gustav men jag ser inget märkvärdigt i det. Känner du Erik vid Hultet frågade Gustav. Anna svarade ja på frågan och tillade att de hade en del kontakt när hon bodde här. Vi höll ihop på den tiden berättade hon men så gifte han sig med en annan kvinna och hon insåg att det var bäst som skedde. Han var ju mycket äldre än hon. Gustav upplyste om att Erik blivit tokig efter att varit uppe vid Svarttjärn för att hämta ett lass ved och fick se en vagn som drogs av en häst utan huvud. Det där är väl något om Torpare Jan försökt lura i dig och det kan inte vara sant.

Gustav menade att det var lätt att kontrollera och de bestämde att de skulle hälsa på Erik i Hultet nästa dag.

KAPITEL 5

Erik i Hultet berättar

På förmiddagen påföljande dag rullade Gustavs röda Volvo in på gårdsplanen vid Hultets gård som var en gammal bergslagsgård som var väl byggd i knuttimrat virke. Hultet var en stor gård med 35 tunnland åker och 150 tunnland skog. Anna och Gustav klev ur bilen och knackade på dörren. Det var hustrun som öppnade. De presenterade sig som Eriks bekanta och blev ombedda att stiga in.

Erik satt på en stol och tittade rakt fram. Han tog ingen större notis av sina besökare. Anna började tala om saker som hänt för fyrtio år sedan men Erik reagerade inte och han kände inte igen Anna. Hans hustru som förövrigt hette Vera berättade att något hade hänt när Erik skulle hämta ett lass ved vid ödetorpet norr om Svarttjärn men ingen vet riktigt vad som hänt. All tänkbar expertis hade varit inkopplad men ingen hade kunnat lösa problemet. Hustrun upplyste om att han varit konstig i nästan tjugo år.

Erik hörde att de pratade om honom och tog till orda. Det var spökfinnen sade han. Jag såg honom sade han dessutom har Rasken visat sig vid Svarttjärn samma dag. Det var natten innan Henning dog sade Erik. Henning var Eriks närmaste granne och han dog för cirka tjugo år sedan. Dessutom var Spökfinnen synlig samtidigt.

Spökfinnen var en man som för cirka tvåhundra år sedan gick i skogen för att hämta sina kor. Han var inte nykter och gick vilse. Han förirrade sig ner i ett kärr där han drunknade. Hans rop på hjälp var hjärtskärande. Många menar att spökfinnen ibland visar sig i skogen och att detta är tecken på att någon skall dö. Men varken Rasken eller Spökfinnen hade visat sig på tjugo år. Hultet hade nu tagits över av Eriks ende son och Erik hjälpte till ibland men han dög inte mycket till numera.

Sonen trodde inte ett ögonblick på faders berättelser och det var det inte så många andra som gjorde heller. Gustav berättade för Vera om sina upplevelser natten innan han flyttade in i Lexbo och hon tog berättelsen som ett dåligt omen. Det var ju två hundra år sedan det hände något oförklarligt i dessa trakter och hon hoppades att det inte skulle hända igen. Det var med viss oro som Anna och Gustav lämnade

Hultet. Var Gustavs berättelse om sina upplevelser natten innan han flyttade in i Lexbo varsel på ond bråd död? Nu började de spekulera om fortsättningen.

Det faktum att Rasken och Spökfinnen skulle visa sig skulle säkert locka många besökare till såväl Svarttjärn som Spökåsen. De åkte tillbaka till Lexbo där det serverades lunch. Gustav noterade att endast sex gäster hade kommit denna måltid. Sverker hade inte infunnit sig och ingen hade sett till honom. Det spekulerades en del men ingen tänkte tanken att något kunde ha hänt Sverker.

Efter maten gick var och en till sina rum. Gustav beslöt att göra ett nytt besök hos Torpare jan. han behövde prata och få lite mera information. Torpare Jan blev glad när han fick se Gustav och satte genast på kaffepannan.

Torpare Jan berättade att spökfinnen visat sig igen hans skrik hade hörts ända ner till Hjulsjö. Han undrade vem som skulle dö den här gången. Rasken i Svarttjärn börjar väl snart också visa sig. Gustav berättade att Sverker som var en pensionerad poliskommissarie och som bodde på Lexbo inte hade infunnit sig vid lunchen idag men han kan väl knappast vara offret fast man vet ju aldrig förstås.

Gustav bad Torpare Jan att följa med honom till Svarttjärn men denne ansåg att detta var alltför farligt. Du skall inte gå dit manade Torpare Jan. Gustav och Jan pratade hela eftermiddagen och när han kom tillbaka till värdshuset så var det redan dags för middag. Gustav kunde konstatera att Sverker inte infunnit sig till denna måltid heller. Nu var oron hos gästerna närmast total och aptiten var inte särskilt stor. Sverker kunde hoppa över lunchen men när han inte kom ner till middagen så måste något hänt.

Stina och Leonard gick upp i Sverkers rum för att kontrollera om han fanns där men det gjorde han inte. De övriga gästerna fruktade det värsta. Johan och Per deltog inte heller i middagen. De hade rest in till staden och kommer tillbaka först nästa dag. Sverker måste vara död trodde Stina. Tänk om han blivit mördad fyllde Leonard i.

Anna och Gustav pratade om förmiddagens besök Erik och Gustav berättade om eftermiddagens besök hos Torpare Jan. Spökfinnen har varit synlig igen sade Gustav och det ser ut som om han vet vad som händer här i trakten. Det blev tyst bland gästerna. Nu var alla övertygade om att Sverker blivit mördad och att polisen måste kopplas in. Efter maten gick alla gästerna ut för att leta efter Sverker men trots att de genomsökte varenda buske i grannskapet så kunde de inte finna honom. Så småningom gick de till sängs men det var inte många som sov den natten.

KAPITEL 6

I en stuga några mil därifrån

Den lilla röda stugan låg inte långt från stora vägen. Bara ett par hundra meter på en skogsstig och så var man framme. Stugan var förfallen och den hade varit obebodd i nästan fyrtio år. Senaste ägarna var ett äldre par som båda fått ett tragiskt slut. Mannen mördade sin hustru med en yxa och hängde sig sedan. Denna dag var där emellertid Harald som var en man i sjuttiotem års ålder. Han hade ett brottsligt förflutet och hade tillbringat större delen av sitt liv i fängelse. Hans brott hade i huvudsak bestått av stölder och rån och han ansågs inte vara en farlig förbrytare. Han hade bott i trakten i sin ungdom och hade kunnat bo kvar där än om han

hade gift sig med Vera men så kom Erik emellan

och Harald lämnade Bergslagen.

Erik hade fått sitt straff och Vera ångrade säkert att hon inte valde Harald. Det var i alla fall vad Harald hoppades på. Där fanns också Sverker som känt Harald i sin ungdom. De hade varit skolkamrater. Efter skolan hade de gått skilda vägar. Harald till ett liv i fängelse och Sverker till ett liv som polis. När de båda träffats igen så var det för att leta reda på en tjuvgömma som härrörde sig från ett av Haralds inbrott. Det rörde sig om cirka en halv miljon kronor. Pengarna hade gömts för länge sedan och Harald kunde inte komma ihåg platsen där pengarna var gömda. Det var därför som Sverker inbjudits att vara med. Han skulle få en del av bytet och det kunde han behöva för att dryga ut sin pension.

Vem var då den tredje personen? Det var en man från trakten som kände till varje kvadratmeter av de djupa bergslagsskogarna. Det var Torpare Jan. Harald var i stugan för att planera några dagar tidigare men han hade störts av en nattgäst som fått punktering på sin bil. Han var tvungen att avbryta sin förberedelse så nu fick de börja om från början. Det gällde att avleda folks uppmärksamhet och få dem att hålla sig borta från skogen. Historien om spökfinnen och Rasken vid svarttjärn skulle nog bidraga till att det blev tomt i skogen ett tag.

Jag måste tillbaka till Lexbo i morgon bittida. I annat fall skulle skogen invaderas av skallgångskedjor och kamraterna instämde i detta. Var fanns då skatten? Harald ansåg att den låg vid Svarttjärn högt uppe på kullen. Det kunde inte vara mer än högst tio meter från toppen. De hade ett par dagar på sig att gräva och under den tiden skulle det vara tyst i skogen såväl vid Svarttjärn och vid Spökåsen.

Tre dagar senare skulle de återsamlas och dela på pengarna. De studerade en karta över området och ritade en del streck på denna. Harald och Torpare Jan skulle ge sig av till Svarttjärn i gryningen och Sverker skulle återvända till Lexbo. De tre verkade nöjda. Nu kunde ingenting gå snett och ingen skulle få veta vad haft för sig. Nästa morgon skulle planerna verkställas

KAPITEL 7

Nästa morgon i Lexbo

Gästerna vid Lexbo pensionat vaknade till en ny dag. Denna morgon intog de matsalen tidigt vilket antingen berodde på för dålig sömn eller på det spända läget. Precis klockan åtta när gästerna skulle börja ta för sig av maten så dyker Sverker upp som om ingenting hade hänt. Alla samlades kring Sverker som berättade att han rest in till staden i ett ärende och att han övernattat där. Det spelade ingen roll att historien inte var sann. Sverker verkade trovärdig och alla trodde på hans berättelse.

Gustav upplyste om att Spökfinnen åter visat sig. Och eftersom det sägs att hans närvaro är tecken på att någon skall dö så var de beredda på det värsta. Sverker ansåg att allt tal om Spökfinnen var nonsens och att man inte skulle tro på sådana historier. Livet på pensionatet hade återgått till det normala igen och även Johan och Per hade också kommit tillbaka men de ville förstås inte tala om vad de hade haft för sig. De berättade ingenting om sig själva och det var därför det spekulerades så mycket om dem. Stina var övertygad om att de var ute efter en möjlighet att smita från skatten men det trodde hon ju om alla.

Gustav pratade med Anna om Svarttjärn och anförtrodde henne att han gärna skulle vilja besöka dessa trakter men att han inte kunde ta sig dit på grund av sitt handikapp. Anna hade ingen större lust att följa med så därför beslöt han att återigen söka upp Torpare Jan och så snart han ätit gav han sig iväg till Torpare Jans stuga. Han kunde snabbt konstatera att denne inte var hemma så han återvände till pensionatet för att smida andra planer.

Han hade fortfarande inte fått svar på någon av sina frågor och det mesta tycktes vara höljt i dunkel. Han tog en omväg för att se vad som dolde sig på andra sidan sjön. Han följde stigen och han kunde konstatera att det rådde en gravlik tystnad. Han tittade upp mot sjön för all spana efter Torpare Jan men han kunde inte se någon därute. Den båt som han brukade färdas i stod väl förankrad vid strandkanten. En groda hoppade ner i vattnet framför hans fötter men i övrigt var allting tyst. Efter en liten stund ser han en stig som går upp i skogen och han bestämmer sig för att följa denna. Stigen är nästan helt igenväxt av ris och ormbunkar men det går att ta sig fram på den. Efter ett par hundra meter ser han en liten stuga. Den ser ut som ett pepparkakshus men stugan verkar vara bebodd, han tänkte på sagan om Hans och Greta. Tänk om det bodde en häxa i huset tänkte han när han ringde på dörren.

En äldre kvinna öppnade. Hon hade långt och stripigt hår och såg nästan ut som en riktig häxa åtminstone vid första anblicken. Gustav presenterade sig och berättade att han bodde på Lexbo pensionat och att han var ute för att bekanta sig med omgivningarna. Kvinnan såg misstänksamt på honom men bad honom stiga in. Via en liten tambur kom de in i köket som inrymde vedspis ugn värmepanna och massor av skåp. I köket fanns också ett bord med sex stolar. Kvinnan bjöd på kaffe och de satte sig vid bordet för att prata. Gustav fick veta att kvinnan hette Sara och att hon bodde ensam i stugan. Hon kunde se in i människors framtid och var ofta anlitad av personer som behövde hjälp med att hitta försvunna föremål.

Gustav anförtrodde Sara att han ansåg det vara märkligt att Lexbo var öppet det kunde väl knappast löna sig eftersom det hade så få gäster flesta besökare. Sara hade sin uppfattning klar i denna fråga. Hon förklarade att de flesta gästerna är där för att försöka hitta Stor Svens skatt. Stor Svens skatt? undrade Gustav och då berättade Sara att Lexbo för mer än hundra år sedan ägdes av en man som ansågs vara mycket rik. Han kallades för Stor Sven han var elak mot både människor och djur och det sades att han stod i förbund med den onde. När han dog var hans förmögenhet borta och det sades att den måste vara nedgrävd i närheten av huvudbyggnaden för att ingen skulle komma åt den. Ingen vet var skatten finns men det saknas inte spekulationer. Pensionatet ägs nu av två herrar som verkar vara i 40-årsåldern och de har säkert köpt det för att komma åt skatten. Gustav lyssnade intresserat på Saras berättelse och han förstod att det var Johan och Per som ägde pensionatet och att de håller sig på sin kant för att detta inte skulle avslöjas för övriga gäster.

Om det nu finns en skatt varför kan du inte tala om var den är nergrävd? du är ju fjärrskådare. Sara tittade strängt på honom men hon sade ingenting. Gustav insåg att han sagt något olämpligt och bad om ursäkt. Stor Svens skatt Skall aldrig fram, säger hon, det vilar en förbannelse över den. Skatten tillhör djävulen och ingen kan ostraffat ta någonting från honom. Hon tillade att hon bett till gud att ingen skall hitta skatten och menade att det skulle vara bäst för alla om inte gud och djävulen förde krig med varandra. Det blev inget mera sagt om skatten men Gustav ville att Sara skulle berätta om hans framtid. Han hade ju som bekant trasslat till det en del för sig och hade ett visst intresse av att få veta hur det skulle sluta.

Sara tog fram en kortlek. Hon funderade en stund innan hon lade ut korten. Hon berättade för Gustav om hans situation och hennes berättelse stämde på pricken in med verkligheten. Gustav blev lite rädd ty han förstod att han träffat en riktig spåkäring. Sara frågade Gustav om han var redo att höra om sin framtid och det var han verkligen. Jag kan se att du får en del publicitet och en del pengar lär det också bli. Du kommer att kunna betala dina skulder åtminstone de flesta av dem. Plötsligt blev Sara allvarlig hon talade om att hon kunde se ett gruvschakt och hon uppmanade honom att akta sig för sådana. Som det är det ställt med dig så har du inte en chans att ta dig upp ur ett sådant. Det är många som förlorat sina liv när de ramlat ner i ett gruvhål. De flesta gruvhål är helt oskyddade och några är över hundra meter djupa.

Gustav förstod inte mycket av vad Sara sagt men han tyckte att hon sade var positivt. Han skulle vara tacksam om det skulle ljusna för honom för hans liv befann sig verkligen i ett mörker. Gustav upptäckte att förmiddagen runnit i väg och att lunchen närmade sig. Han tackade Sara som hälsade honom välkommen tillbaka och det lovade Gustav.

KAPITEL 8

Annas upplevelser samma morgon

När Gustav återvände till Lexbo var det redan sen eftermiddag och han konstaterade att han hade fått hoppa över lunchen. När han steg in genom dörren möttes han av frågan var han hade varit men eftersom han hade svårt att strukturera sina tankar så svarade han att han gått omkring i omgivningarna. Han gick upp på sitt rum för att vila lite men när han satte nyckeln i låset öppnades dörren bredvid och Anna kom ut. Hon undrade var han hade varit eftersom han gått miste om lunchen. Det var bruna bönor med fläsk upplyste hon om och Gustav insåg att han gått miste om en del eftersom detta var hans älsklingsrätt. Gustav tröstade sig med att han kunde ta skadan igen till middagen. Gustav berättade om sina upplevelser och Anna följde med honom in på hans rum.

Hon slog sig ner i fåtöljen för att lyssna på hans berättelse. Anna tittade förvånat på Gustav hon hade aldrig hört talas om Sara så hon hade säkert flyttat in under senare år. Sara hade inte heller hört talas om huset som hon bodde i heller. Gustav berättade också om Stor Svens skatt och den hade Anna hört talas om men hon trodde lika lite på den historien som Gustav gjorde fast säker på detta kunde man ju inte vara. Alla här trodde att du begivit dig till Svarttjärn berättade Anna och alla har varit oroliga. Där är det farligt sade Anna inte för det här med Rasken för den historien kan man tro vad man vill om men det finns väldigt många gruvhål och de flesta är inte skyddade eller ens utmärkta så om du halkar ner i ett sådant hål så tar du dig inte upp igen. Det var tur att du kom tillbaka till middagen för annars hade det blivit nödvändigt att leta efter dig.

Vad har du haft för dig undrade Gustav. Polisen har varit här sade Anna. Gustav undrade i vilket ärende men Anna visste inte så noga men upplyste om att Erik i Hultet hade försvunnit Hon trodde att han antingen hade gått ner sig i ett gruvhål eller gått i sjön.

Men det var ingen här som visste något och jag berättade inte att du och jag besökt honom. Erik är ju lite konstig så de misstänker nog inget brott. Han försvann i går kväll och har varit borta över natten. Polisen pratade också en del med Johan och Per men hon visste inte vad som sades eller om de fick ut något av detta samtal. Gustav anförtrodde Anna att han trodde att Johan och Per ägde pensionatet fast han sade också att han inte var helt säker på detta. Han sade sig fortfarande vara intresserad av att besöka Svarttjärn men han förstod att han inte kunde ge sig av dit ensam. Anna förklarade även denna gång att hon inte ville följa med. Hon upplyste om att hon aldrig hade varit i Svarttjärn. Hon rådde honom till att ta med någon som känner trakten och Gustav förstod att Torpare Jan nog var den ende som han kunde ta med sig dit.

Så var det dags för middagen och Gustav var den förste att intaga matsalen denna kväll. Han var hungrig och lät maten väl smaka. Samtalet vid middagen var förstås givet. Det handlade om Eriks försvinnande Den token hade väl gått och dränkt sig sade Sverker och ansåg att det bara var att dragga i sjön om man ville hitta honom. Leonard trodde att han kunde ha förirrat sig till Svarttjärn det var ju där han sett hästen utan huvud för tjugo år sedan. Denna teori ansågs inte vara osannolik men vem ville bege sig till Svarttjärn för att leta efter Erik det skulle i så fall vara Torpare Jan men han var engagerad på annat håll trodde Gustav fast det sade han inte.

När Gustav lämnade matsalen bestämde han sig för att söka upp Torpar Jan redan nästa dag. Han skulle be honom att följa med till Svarttjärn för att leta. Om han inte ville följa med skulle han ta sig dit själv även om han var medveten om att det skulle bli med livet som insats. Han hade svårt att sova på natten. Det hade varit för många konstiga upplevelser Han hade svårt att trassla ut denna härva men till slut somnade han.

KAPITEL 9

Samma natt vid Svarttjärn

Om inte Svarttjärn är världens ände så finns den inte. Orden yttrades för att mänga år sedan av en gårdfarihandlare som letat bit upp. Skogstjärnen ligger ett par mil in i skogen. Det går att åka bil nästan ända fram men de sista två kilometrarna måste man gå till fots. Man tar sig upp till toppen via en smal skogsstig som till stor del är igenväxt med ris och ormbunkar.

Utmed vägen gick två män med varsin ficklampa i handen. Det var Torpare Jan och Henning som var på väg för att hämta den skatt som Hennings kumpan gömt där för mer än tjugo år sedan. Hennings kumpan hade varit död i många år och det var han som hade gömt pengarna. De båda männen gick sakta vägen fram. Torpare Jan gick förstäder, gick med tysta smygande steg så tyst att det inte kunde höras ens för någon som eventuellt kunde vara i närheten.

Ingen av männen sade någonting. En tjädertupp flög upp ur sitt gömställe nära stigen. De båda männen reagerade för ett ögonblick men de återvände snart till sitt gamla lugn. Så småningom var de framme vid den lilla sjön som på tre sidor var omgiven av kullar. De tittade neråt mot skogstjärnen men de kunde inte se någonting allt verkade vara helt tyst. Plötsligt rycker Torpare Jan till och ger tecken till sin kamrat att stanna. Det är en människa där uppe sade han. Hans kamrat undrade om det kunde vara Rasken men han fick inget svar på sin fråga. Torpare Jan ville inte att han skulle se dem och han föreslog att de skulle gå tillbaka hem och återkomma nästa dag när det var ljust ute. De insåg att de ändå inte skulle hitta någonting i det mörker som rådde och de beslöt sig för att göra som Torpare Jan föreslagit. De var ett tag inne på att försöka lösa gåtan om Rasken men avstod från detta. När de tittade upp på kullen såg de att mannen fortfarande stod kvar på kullens högsta topp alldeles orörlig. Torpare Jan sade sig ha sett mannen tidigare och han trodde att de var förföljda. De tog några steg in i skogen och gömde sig bakom ett träd där ingen kunde se dem.

De såg två män gå förbi. De verkade vara i fyrtio års ålder men vare sig Torpare Jan eller Henning kände igen någon av dem. Efter en stund hördes ett skrik och de två männen kom springande tillbaka längs stigen och efter en kort stund hade de försvunnit ur deras åsyn. Torpare Jan och Henning vågade sig så småningom fram ur sitt gömställe och gick tillbaka till sina ursprungliga platser. De tittade upp på kullen men kunde inte se någonting. De båda männen förstod att deras förföljare skrämt iväg mannen på kullen och de bestämde sig för att återvända hem och komma tillbaka påföljande dag dels för att leta reda på Hennings tjuvgods och dels för att lösa problemet med Rasken.

De skulle övernatta i Torpare Jans stuga där de hade nära till Lexbo där Sverker bodde. De båda männen hade fått en del att fundera över dels vilka de två männen var som de sett springa från Svarttjärn och dels vem var mannen som stod på kullen. De beslöt att lösa dessa problem nästa morgon så de åkte till Torpare Jans stuga för att få lite sömn.

KAPITEL 10

Nästa morgon

Gustav vaknade tidigt denna morgon. Han såg på klockan och kunde konstatera att det var nästan två timmar kvar till att frukosten skulle serveras. Han låg kvar i sängen och funderade över hur han skulle planera dagen. Han insåg att han borde ta sig till Svarttjärn men han förstod att han inte borde ge sig av dit ensam och han var orolig för att Torpare Jan inte skulle vilja följa med.

När Gustav kommer in i matsalen så var Anna redan där. Hon hade också vaknat tidigt men hon ägde inga planer på att följa med till Svarttjärn. Gustav frågade om hon kände någon annan utöver Torpare Jan som varit i Svarttjärn och Anna trodde att det i så fall skulle vara Leonard. Han hade nog varit lite varstans häromkring sade hon. Gustav frågade om Anna ville följa med om Leonard följde med och Anna besvarade frågan med kanske. Det skulle inte dröja länge innan

Gustav skulle få svar på sin fråga ty efter en stund kom Leonard ner i matsalen och slog sig ner vid samma bord som Anna och Gustav.

Han frågade Leonard om han hade varit i Svarttjärn men svaret blev nekande och han tillade att Svarttjärn inte var något för en botanist eftersom det bara fanns ormbunkar och ris och det var han inte intresserad av. Han upplyste om att han var i Lexbo för att studera den vita näckrosen och Guckuskon. Gustav blev övertygad om att han måste förlita sig på Torpare Jan.

Efter frukosten gick Gustav och Anna upp till receptionen för att gå igenom ortens tidningar. De ville se om det stod något om Eriks försvinnande men det gjorde det inte. Plötsligt kom en man in genom dörren och frågade efter Sverker. Gustav reagerade eftersom han sett den mannen tidigare. Det var hos honom han hade övernattat natten innan han hade kommit fram till Lexbo. Det måste vara den mannen som dödat sin hustru och sedan tagit sitt eget liv. Nu kommer han hit och frågar efter Sverker. Anna noterade Gustavs reaktion och bad att få veta orsaken.

Gustav valde att berätta men de valde att gå upp till hans rum innan han började berätta. Anna blev säkert bekymrad över Gustavs berättelse. Hon trodde att han kunde ha misstagit sig men han var säker på att han talade sanning. De undrade förstås vad Sverker hade med den mannen att göra men också i vilket ärende de egentligen var ute i. De kunde se genom fönstret hur Sverker lämnade pensionatet tillsammans med den andre mannen och kunde konstatera att de gick i riktning mot sjön. Gustav beslöt att följa efter och Anna bad att få följa med.

De begav sig iväg i riktning mot sjön för att spana efter de båda männen men dessa hade ett alltför stort försprång och kunde hålla undan för sina förföljare. Gustav föreslog att de skulle hälsa på Torpare Jan och de begav sig upp till hans stuga. Torpare Jan öppnar men meddelar att han har fått besök och att de inte fick komma in. Därinne hade Gustav sett Sverker och den man som hade kommit till pensionatet för att hämta honom.

På vägen tillbaka hade de en del att fundera över och de undrade vad som håller på att hända och vad som försiggick i Torpare Jans stuga. De fortsatte samtalet när de kom tillbaka till värdshuset men de kunde inte lösa problemet. Kanske visste de tre männen i stugan om Eriks försvinnande?

Samtalet slutade med att de båda begav sig till Saras stuga för att kanske få hjälp av henne att lösa problemet. Eriks försvinnande förbryllade dem mycket och de undrade om han var död eller gömde han sig och i så fall var och varför. Sara koncentrerade sig på problemet och sade sig kunna se en man i en skogskoja. Hon kunde inte se hur stor kojan var eller var den fanns men hon var övertygad om att Erik var i livet. Hon kunde också se Sverker, Torpare Jan och en okänd man. de pratade i Torpare Jans stuga men hon kunde inte se vad de gjorde eller vad de pratade om.

Gustav frågade Sara om hon kände till trakten och trakterna kring Svarttjärn. Hon berättade att hon varit i Svarttjärn några gånger och Gustav frågade om hon ville följa med dit igen. Sara påminde honom om att hon varnat honom för Svarttjärn och så blev det inget mera sagt om detta.

Efteråt på väg hem summerade Sara och Gustav sina intryck och eftersom de insett Saras inre kraft så trodde de på att Erik var i livet. När de återvände till pensionatet var det dags för lunch.

KAPITEL 11

Johan och Per

Johan och Per hade vaknat sent denna morgon. De hade fått uppleva märkliga ting under natten. De hade besökt Svarttjärn för att hämta en stor summa pengar som Johans fader en gång grävt ner där. Pengarna härrörde sig från ett inbrott för cirka tjugo år sedan tillsammans med sin kumpan Henning. Eftersom de även trodde att Henning skulle leta efter pengarna så gällde det att komma först.

De hade hört talas om att Rasken visat sig där ibland men de var inte säkra på om historien var sann. De hade emellertid sett honom stå där på kullens högsta topp helt orörlig. De pratade en del med varandra denna morgon och diskuterade om de skulle göra ett nytt försök eller om de skulle åka hem. De var inte helt säkra på var pengarna fanns men Johans fader hade strax före sin död givit Johan en detaljerad karta som innehöll en beskrivning av gömstället men eftersom vare sig Johan eller Per kände till trakten så kunde det bli problem. De bestämde sig dock för att göra ett nytt försök. Under lunchen pratade de om alternativa planer och Anna och Gustav förstod att de tänkte sig till Svarttjärn.

Gustav föreslog att de skulle åka till Svarttjärn men det fick han inget gehör för. Så han bestämde sig för att bege sig dit ensam. Hans handikapp utgjorde emellertid ett hinder eftersom han hade svårt att ta sig fram i oländig terräng. Han bestämde sig dock för att åka till Svarttjärn för att pröva terrängen och var angelägen att komma iväg medan det var ljust och han ville inte ge sig på några vidlyftigheter. Han visste var han skulle ställa bilen och han hittade genast stigen som ledde fram till Svarttjärn. Han tittade ut över den lilla skogstjärnen men allt verkade vara tyst varefter han återvände till sin bil han var nyfiken på hur det såg ut i omgivningarna kring den lilla skogstjärnen Han hade insett att han inte skulle klara av några vidlyftigheter där. Han åkte tillbaka till Lexbo för att samla ihop sina intryck.

Väl framme vid pensionatet såg han Johan och Per som satt i bersån och pratade. Han kunde inte höra vad de pratade om men förstod att de tänkte sig till Svarttjärn. De tänkte resa i gryningen påföljande dag. Han lekte med tanken att följa efter men han ville fundera ytterligare på detta innan han bestämde sig.

På väg upp till sitt rum mötte han Anna men han kände ingen större lust att berätta för henne vad han haft för sig. Stina är död sade hon och troligen har hon blivit mördad. Polisen är däruppe nu. Gustav erinrade sig att Stina inte kommit ner till frukosten men han hade svårt att tro att det skulle finnas motiv till att mörda henne. Hon kunde visserligen vara pratsam men det skulle vara svårt att tro att hon utgjorde ett hot mot någon.

Några sjukvårdare bar ner Stinas kropp för trappan och in i en väntad ambulans. Efter ytterligare en stund åker den från pensionatet. Nu är förstämningen på pensionatet i det närmaste total Det hade inte setts till några besökare så nu var alla gästerna på pensionatet misstänkta. Innan tidpunkten för dödsfallet och dödsorsaken fastställts så gick ingen fri från misstanke. Den ende som kommit utifrån var mannen som kommit för att hämta Sverker. Efter middagen blev det mest småprat och det var ingen som var intresserad av några större aktiviteter. Alla lade sig tidigt för att invänta en dag då de hoppades att allting skulle klarna.

KAPITEL 12

Duell vid Svarttjärn

En ny dag grydde och Gustav vaknade tidigt och han kunde konstatera att det såg ut att bli en strålande dag. När han tittade ut genom fönstret kunde han se Johan och Per gå ut från huset och sätta sig i en bil och åka från pensionatet, Gustav var övertygad om att de skulle åka till Svarttjärn och det var då han fattade sitt beslut. Han skulle åka till Svarttjärn för att ta reda på vad de hade för ärende där. Det var tillräckligt ljust för att han skulle se vad som skulle hända. Det var en härlig sommardag och klockan var bara fem på morgonen men han kunde konstatera att djurlivet redan börjat vakna.

Han satte sig i sin bil och åkte sakta i riktning mot Svarttjärn och när han kom fram dit fick han se två bilar stå parkerade utmed vägen. De stod parkerade vid sidan av vägen till hälften dolda av ormbunkar men Gustav såg dem tydligt och han blev förstås förvånad över vad han hade sett. Han konstaterade att det antingen skulle hållas ett släktmöte. Eller någon form av duell tänkte Gustav.

Det var med stor tvekan som han steg ur bilen för att försöka ta sig fram längs den snåriga stigen som leder fram till Svarttjärn. Väl framme så upptäcker han fem personer som vaktade på varandra. Det var förstås Johan och Per men även Torpare Jan och Sverker och den man han övernattat hos natten innan han flyttat in på pensionatet. Han tog ett par steg åt sidan för att männen inte skulle upptäcka honom, Han föll och befann sig plötsligt i en grop. Han hade inte skadat sig men han kunde inte ta sig upp igen. Från sin grop kunde han se allt som hände omkring honom utan att själv bli upptäckt. Männen letade efter något och det var uppenbart att de letade efter samma sak. Plötsligt upptäckte de varandra och ett präktigt gräl uppstod. Henning upplyste Johan och Per att det var han som gjorde inbrottet för tjugo år sedan och Johan menade att det var hans fader som grävde ner pengarna och att det var han som hade rätt till dem. Henning tar fram ett gevär och riktar pipan mot Per och Johan eftersom dessa inte hade något vapen så lämnade de platsen. De tre som var kvar grävde flera gropar på alla tre kullarna runt skogstjärnen men trots att de arbetade intensivt ända till mörkrets inbrott så verkade det som om de inte hittade någonting. När det blev mörkt så lämnade de platsen.

Gustav försökte ta sig upp ur sin grop men misslyckades. Han hade legat i gropen hela dagen och han var både trött och hungrig. Han insåg att han skulle bli kvar i sin grop och insåg att han inte skulle överleva. Det skulle inte tjäna mycket till att ropa på hjälp eftersom det inte fanns någon som kunde höra honom. Han lade sig ner i gropen och somnade.

Plötsligt hör han steg i grannskapet och han känner igen mannen. Det var Erik i Hult. Han såg Erik gå upp på den högsta kullen och ställer sig på toppen och står där helt orörlig. Gustav kunde konstatera att det var han som var Rasken. Det hade börjat ljusna ute och han försökte sträcka på benen men det var något som tog emot. När han undersökte detta så fann han en låda av trä. När han undersöker lådan hittar han pengar massor av pengar. Han försökte räkna dem men misslyckades. Han konstaterade att det förmodligen var mer än en halv miljon.

Han tittade upp på kullen men han kunde inte se Erik, så han kunde inte få någon hjälp att räkna, och inte heller med att ta sig upp från gropen. Han var helt utmattad och hungern och törsten gjorde sig påmind hela tiden. Plötsligt hör han röster från stigen och ett stort uppbåd av människor kommer gående och i täten går två poliser. De drar upp honom ur gropen och tar i förbifarten med sig trälådan.

Poliserna konstaterade att detta var bytet från det

stora bankrånet mot SE banken och lovade Gustav en riklig belöning. Gustav bad att få åka till Lexbo eftersom han behövde både mat och vila innan han var redo att prata med polisen och med pressen.

Väl framme vid pensionatet blev det stor uppståndelse och Lexbo hade invaderats av journalister. Gustav smög sig in i köket och fick sitt behov av mat och dryck tillgodosett och därefter berättade han för den församlade pressen vad han varit med om. Det var många mysterier som fått sin lösning. Rånet mot SE banken hade klarats upp efter tjugo år och Rasken vid Svarttjärn var ingen annan än Erik i Hult. Efter kontakten med pressen gick Gustav upp på sitt rum och han somnade tvärt efter en minst sagt ansträngande dag.

KAPITEL 13

Nästa morgon

Gustav vaknade inte förrän långt in på förmiddagen. Han klädde sig och gick ner i receptionen för att läsa igenom dagens tidningar. Han var hjälten för dagen och hans bild fanns på flera ställen i alla tidningar. Han fick veta att han skulle få en belöning på mer än ett hundra tusen kronor för att han hittat pengarna från rånet i SE banken och han insåg att han kunde förtjäna en slant på att sälja historien till veckopressen. Han tänkte på vad som kunde ha hänt om han inte fått hjälp med att ta sig från gropen. Han hade troligen dött svältdöden eller kanske hade han blivit uppäten av något djur och han ryste vid blotta tanken.

Efter en stund kommer Anna ner för trappan och sätter sig på stolen bredvid honom. Hon undrade hur han mådde och hur han kände sig efter alla strapatser och Gustav genmälde att allt kändes bra. Anna ansåg att Gustav var modigare än vad hon trodde. Det är inte frågan om mod sade Gustav det är dumdristighet han ansåg att han haft tur som klarat sig med livet i behåll och det var ren tur att han ramlade ner i den grop där pengarna fanns. Han menade att nyfikenheten ibland är så stor att vettet trängs undan.

Gustav undrade hur de kommit på iden att leta efter honom i Svarttjärn och hon upplyste om att de frågat Sara som sade att du befann dig där. Gustav undrade hur det var med mordet på Stina och Anna upplyste om att hon inte blev mördad utan dog av hjärtinfrakt. Gustav undrade vem som kom på iden att leta efter honom och Anna berättade att det var hon. Gustav ansåg att han hade Anna att tacka för sitt liv och han frågade henne om hon önskade sig något. Anna menade att hon bara gjort sin plikt och att hon inte ville ha någonting, hon upplyste om att hon skulle resa från pensionatet om ett par dagar och hoppades att de skulle ses igen. De gav varandra sina adresser och så gick de var och en till sitt.

Gustav hade ett besök till att göra denna förmiddag och en timme senare var han på väg till Sara. Hon blev glad när hon fick se Gustav för hon hade läst tidningarna om vad som hänt. Gustav sade att han kom för att tacka Sara för att hon räddat hans liv. Sara menade att det inte var mycket att tacka för. Sara undrade varför Gustav begivit sig till Svarttjärn och menade att han kunnat bli kvar där. Gustav ansåg att det var dumt att inte följa Saras råd men menade att han fått lära sig en del som han kunde ha nytta av i framtiden.

Jag reser i morgon sade han men jag hoppas verkligen att vi ses igen och det hoppades Sara också. Det var med tunga steg som Gustav lämnade Saras stuga och han skulle verkligen sakna dagarna på Lexbo.

Epilog

Gustav reste från Lexbo påföljande dag. Han fick en stor belöning som räckte till att betala hans skulder. Han fick så småningom ett natt arbete men han återvände aldrig till Lexbo och han hörde aldrig någonting från Anna. Äventyret i Bergslagen glömde han dock aldrig. Han fick medalj av polisen och den påminde honom för evigt om detta.

GUSTAV
PÅ
NYA ÄVENTYR

KAPITEL 1

Förändringen

Det hade gått tjugo år sedan äventyret i Bergslagen och för Gustavs del hade tiden gått väldigt fort. Han kunde inte återgå till sitt arbete som försäljare men så småningom fick han ett nytt arbete i sitt gamla företag. Han skulle passa telefonen på företagets kontor. Nu hade han emellertid gått i pension och blivit så kallad statsanställd.

Han hade aldrig blivit riktigt bra från sitt handikapp som han ådrog sig vid den svåra trafikolyckan och han hade svårt att klara sig själv på egen hand utan hjälp. Hemtjänsten ställde upp så ofta de kunde men det fanns ingen kontinuitet i deras arbete. Under en månad kunde han få besök av ett trettiotal personer och detta gjorde att hans tillvaro blev otrygg. Denna känsla hade han haft under många år och han insåg att det måste till en förändring.

Detta hade föranlett att han anmält intresse för att komma till ett så kallat trygghetsboende och så småningom erbjöds han plats i form av en lägenhet om två rum och kök i ett sådant boende.

Vad är då ett trygghetsboende? För mera än femtio år sedan vistades gamla människor på så kallade ålderdomshem men i och med att socialtjänstlagen tillkom 1982 bestämdes dessa hem skulle försvinna och att de skulle ersättas av så kallade servicehus som innebar att alla boende skulle ha egen bostad.

Servicehusen skulle ha gemensamhetslokaler för de boende samt en restaurang för de som inte kunde laga sin mat själva. Det skulle också finnas anställd hemtjänstpersonal med uppgift att hjälpa till med hemtjänsten. Det mesta verkade bra ansåg Gustav. Men det var ständiga konflikter mellan kommunen och landstingen.

Kommunen skulle sköta omvårdnaden av äldre och landstingen skulle sköta sjukvården. Konflikten gällde frågan vad som var sjukvård och vad som var omvårdnad? Konflikterna resulterade i att riksdagen beslutade om en så kallad "Ädelreform" som ålade kommunerna att svara för allt utom den akuta sjukvården. Kommunerna fick kompensation i form av att landstingsskatten höjdes med två kronor och tio öre och att kommunalskatten sänktes med lika mycket.

Det skedde med andra ord en skatteväxling mellan kommunen och landstinget. Detta förde med sig att landstingen lade ner långvårdsavdelningarna samt de så kallade mentalsjukhusen och kommunerna kunde inte ta emot dessa personer i servicehusen utan inrättade så kallade särskilda boenden eller så kallade dygnet boende för dessa personer.

Dessa servicehus bytte namn till trygghetsboende. Riksdagen slog fast en rad kriterier för otrygghet. Man var otrygg i sitt boende om man inte kunde klara av sina dagliga sysslor eller om man hade ett för stort antal personer till hjälp. Trygghetsboenden skulle drivas efter samma riktlinjer som servicehusen så det blev bara frågan om ett namnbyte.

Gustav hade erbjudits lägenheten eftersom han bedömdes otrygg i sin hemmiljö. Det skall i sammanhanget nämnas att det fanns kommuner som sålde trygghetsboendena till sina fastighetsbolag som inte gjorde någon behovsprövning när lägenheterna skulle tillsättas utan bara vände sig till sina bostadssökande åldringar som stod i deras bostadskö.

KAPITEL 2

Gustav flyttar in sin nya lägenhet

Gustav funderade länge innan han tackade ja till den erbjudna lägenheten. Han hade bott i sin trerumslägenhet i mer än trettio år och blivit bekant med sina goda grannar och han skulle nu flytta till något okänt.

Det som till slut fick honom att bestämma sig var den information han fick om den hjälp han kunde få och hjälp var något som han verkligen behövde. Han hade fått veta att det fanns anställd personal på trygghetsboendet. Han skulle också få umgås med andra äldre människor som var i samma situation som han. På den så kallade Träffpunkten fanns många aktiviteter som han kunde deltaga i. Det fanns också en restaurang där han kunde äta om han inte ville eller kunde laga maten själv. Han var övertygad om att det var detta han behövde.

Flytten blev inte helt okomplicerad. Han hade samlat på sig en hel del prylar genom åren som han inte kunde ta med sig till den nya lägenheten eftersom denna var betydligt mindre än hans nuvarande. Han tvingades att sälja en del prylar och överblivna möbler fick han nära nog skänka bort eftersom det var svårt att hitta köpare som ansåg att dessa hade något värde. Det som blev kvar fick han hjälp med att packa ner av en flyttfirma som han hade engagerat och när allt var klart bar flyttlasset iväg.

Flyttfirman hjälpte Gustav att packa upp och att ställa möblerna tillrätta och hemtjänsten hjälpte honom att sätta upp lampor och gardiner och sedan var det dags att installera sig i lägenheten. Han kontaktade receptionen för att få reda på var allting fanns och därefter gick han runt i den väldiga anläggningen. Han fick lära sig var tvättstugan låg och att hitta till soprummet och han fick också besöka Träffpunkten. Där kunde han också få träffa andra hyresgäster. Gustav ville också besöka snickeriverkstaden som låg vägg i vägg.

När Gustav gick till sängs den kvällen var han övertygad om att han skulle trivas i sitt nya boende. Han var dock helt ovetande om vad framtiden skulle bära i sitt sköte.

KAPITEL 3

Människorna på trygghetsboendet

Nästa dag valde Gustav att besöka Träffpunkten för att få kontakt med övriga hyresgäster, men det blev inte så lätt för honom att få kontakt med dessa. I de cirka sjuttio lägenheter som fanns på boendet var de flesta kvinnor och många av dem var riktiga kafferepstanter som hade bildat gäng och det var inte lätt att slå sig in i något av dessa gäng.

Om Gustav försökte sätta sig på en stol så fick han veta att stolen var reserverad för någon annan. Aktivitetsledarna försökte få bukt med gängbildningen men de hade inte någon större framgång i denna strävan. John var den första person han fick kontakt med. Det var en person i åttioårsåldern som under sin arbetsföra gärning tjänstgjort vid polismyndigheten i

Stockholms stad.

John hade hört talas om Gustavs insatser i samband med äventyret i Bergslagen och de båda fann varandra genast. John berättade att han gick till Träffpunkten ofta när han var nyinflyttad men att han numera inte går ner dit så ofta därför att han tycker att det inte längre är så trevligt där. Han sade att det rådde god gemenskap när han var nyinflyttad, men han menade att de så kallade käringarna tagit över och förstört trivseln. Han menade att det var många hyresgäster som delade hans uppfattning.

John hade präglats av sitt långa arbetsliv och Gustav frågade honom hur det var med brottsligheten på trygghetsboendet. John upplyste honom om det var omöjligt för utomstående att ta sig in genom entréporten så de flesta kunde nog känna sig säkra. Det kallades ju inte trygghetsboende för ros skull, menade han.

Kärringarna på trygghetsboendet tycktes vara reserverade mot Gustav men tiden skulle utvisa att de var intresserade av hans gemenskap. Det fanns inte så många karlar på boendet och trots att de flesta tanter var över åttio år gamla så var de intresserade av karlar. Det dröjde därför inte länge förrän de kontaktade Gustav för att få honom med i sitt kafferepsgäng. Nog fick Gustav veta en del. Det stora samtalsämnet bland tanterna var Sara som ansågs vara en, minst sagt, vidrig människa. Hon hade lurat Försäkringskassan på flera miljoner som hon hade fått ut eftersom hon sagt sig ha behov av en personlig assistent.

Sara hade dömts till fängelse och hon tvingades fortfarande betala av på skulden. Skvallertanterna menade att hon nog inte får så mycket pengar kvar på sin pension men de ansåg att det var rätt åt henne. De flesta av tanterna var förnöjsamma och ansåg att de hade det bra. Det var kanske därför som de fördömde allt som hade med brott och oegentligheter att göra. De ansåg att allt inte stod rätt till när det gällde Sara. Det var något som inte stämde. Hon borde leva i fattigdom men tycktes ha gott om pengar. Hon köpte ständigt nya märkeskläder och hon åt varje dag på boendets restaurang.

Det ryktades om att hon hade kriminella kontakter och ibland fick besök av en karl som inte bodde på trygghetsboendet. Det misstänktes att denne ägnade sig åt brottslig verksamhet. Om så var fallet så kanske denne man kunde ha nyckel till entréporten och om det var så kunde de boende här inte känna sig trygga. Gustav började undra om han skulle få uppleva ett nytt äventyr och han bestämde sig för att prata med John om detta. John var välinformerad och han förklarade att när bedrägeriet uppdagades så fanns starka skäl att misstänka att flera kriminella personer var inblandade. Men det gick inte att få fram några bevis om detta. John kände också till att Sara levde på existensminimum eftersom Kronofogden tog den överskjutande delen av hennes pension.

John ansåg att det fanns anledning att vara orolig. Det var många människor som hade mycket pengar och som hade svårt att klara sig själva.   Gustav och John lovade varandra att vara uppmärksamma på det som hände och så snabbt som möjligt varna för det som kunde verka misstänkt.

KAPITEL 4

Hur får man ut varningssignaler?

Gustav förstod att konkreta åtgärder var en sak och misstankar en helt annan.   Och trots att man visste att risken för brott var stor så måste man vara försiktig med misstankarna.

Mycket av detta löste sig av sig självt eftersom ortens tidning rapporterade att flera personer uppgett att de fått besök av människor som uppgivit att de kommit från Riksbanken för att informera om de nya sedlar som skulle ges ut. Det hade främst varit äldre som fått besök och besökaren hade erbjudit sig att hjälpa till.

Besökarna ville veta i vilken bank de hade sina pengar och vilket kontonummer de hade. Många gamla hade trott på deras ord och lämnat ut de begärda uppgifterna. De hade gjort polisanmälan när de upptäckt att deras bankkonto hade länsats på pengar. Nu var varningen ute och förhoppningsvis skulle den leda till att pensionärerna skulle bli mera vaksamma i fortsättningen. Det var i alla fall vad Gustav och John hoppades på.

Det verkade också som om varningen i ortstidningen gav resultat för detta blev det stora samtalsämnet bland pensionärerna på äldreboendet. Man pratade om Erik och Stina som båda hade fått sina bankkonton länsade och det var inte utan att de tyckte synd om dem fast de ansåg också att de fick skylla sig själva. Många undrade också om Sara hade något med detta att göra men det var ingen som riktade några konkreta misstankar mot henne. Många hyresgäster på trygghetsboendet slog fast att "gamla råkar illa ut."

Flera banker har slutat använda kontanter och hänvisar till bankomater. När äldre står vid bankomaten för att ta ut pengar så står ofta personer tätt bakom dem för att kunna registrera numret på kortet och på koden. Många hade fått sina kort stulna och sina konton länsade. Många ansåg att gamla inte borde beskyllas för att vara mera lättlurade än andra yngre människor och att det sannolikt fanns många yngre som lurats på samma sätt.

Några hade hört talas om en äldre kvinna som på öppen gata hade träffat en okänd man som bad att få låna femton tusen kronor. Kvinnan hade gått till banken och tagit ut beloppet och givit pengarna till mannen utan att skriva ett enda papper.   Hon hade inte ens fått veta vad mannen hette eller var han bodde. Alla på äldreboendet var överens om att denna kvinna fick skylla sig själv och att det var rätt åt henne att hon förlorade pengarna.   Samtalen fick till syfte att pensionärerna på boendet skulle vara på sin vakt och vara misstänksamma mot dem de inte kände.

KAPITEL 5

Alla dessa telefonförsäljare

Det finns gott om telefonförsäljare i landet. Många är seriösa men det finns också oseriösa som ser som sin uppgift att lura sina kunder. Ofta är målgruppen äldre människor. Försäljarna har ofta talets gåva och en förmåga att manipulera sina offer. Det spelar inte så stor roll om offren säger nej ty efter några dagar så kommer ett så kallat bindande köpeavtal i brevlådan. Ett av dessa offer var Gustav.

Han kontaktade företaget men de var inte intresserade av att diskutera ärendet. Han fick veta att han antingen betalade eller så skulle kravet gå vidare till kronofogden för utmätning. Gustav sökte upp John för att informera honom och för att få råd om vad han skulle göra och denne rådde honom att vända sig till polisen. Detta råd följde han till punkt och pricka.

Det blev en lång process där företaget hävdade att det fanns ett muntligt avtal och det faktum att ingenting var skrivet och ingen namnteckning fanns på något papper saknade betydelse. Företaget backade när de fick veta att de polisanmälts och Gustav behövde inte vare sig betala eller ta emot varorna. När John fick reda på detta kontaktade han sina gamla bekanta vid polisen och bad dem att granska detta företag.

KAPITEL 6

Det var bättre förr

Gustav och John pratade ofta med varandra om hur det var förr i tiden. Då bestod brotten mest av inbrott i butiker och kontor, rån av banker och liknande institutioner, stölder och ett och annat mord. Att hålla sig undan ansågs vara en sport och ju längre tid man lyckades gäcka polisen desto större hjälte var man i de kriminella kretsarna.

John berättade om den så kallade Tumba Tarzan som gömde sig i skogarna kring Tumba. När polisen skickade hundar för att spåra upp honom skickade han dem tillbaka och för varje dag som han lyckades hålla sig undan jublade man i de kriminella kretsarna. Han togs så småningom av polisen och fick sona sina brott som med dagens mått mätt kunde betraktas som förseelser. Han berättade också om Clark Olofsson som började sin brottsliga bana med att medverka i ett mord i Handen i södra Stockholm och om det så kallade

Norrmalmstorgsdramat där en ensam gärningsman tog flera bankanställda som gisslan och hotade att skjuta dem om han inte fick med sig pengar och om man inte tog dit Clark Olofsson.   Brottet klarades så småningom upp och förövaren fick sitt straff men han fick en hjältegloria åtminstone i de kriminella kretsarna.

Brotten idag är både grövre och fräckare. Respekten för människoliv har försvunnit och det finns personer som är beredda att döda människor för att komma över lite pengar.   Det datoriserade samhället har bidragit till att brotten blivit flera och mera svårlösta. Det krävs större och mera omfattande utredningar för att klara ut brotten men trots att antalet poliser ökar för varje år så avskrivs många brott på grund av brist på bevis.

Det är svårt att förklara vad detta beror på och orsakerna kan vara många.   Vi har fått betydligt fler invånare i landet och dessutom fått in en hel del invandrare och flyktingar vilket innebär att det kommit in andra kulturer och personer som inte har samma människosyn som vi svenskar. Eftersom kontrollen av de som kommit in varit dålig så har det kommit in ett stort antal islamister. Dessa vill kämpa för att islam skall ta över styret och håller på att bli ett problem för vårt land.

Vi har nåtts av flera terrordåd i flera länder där många människor fått sätta livet till.   De flesta människor är oroliga men knappast någon törs säga något eftersom de då skulle stämplas som rasister.

Flyktingpolitiken oroar många människor och en känsla av otrygghet har spridit sig över landet.

Unga som begår brott hamnar ofta på så kallade ungdomshem där de träffar andra ungdomar som lär dem hur man begår brott utan att bli upptäckt. Numera är det så lätt att ta sig in i en bil så det är frågan om det ens är någon ide att låsa bilen?

Det är betydligt fler poliser som säger upp sig från sina anställningar än de som utbildats.   Precis som i andra statliga organ så omorganiserar man vilket innebär att det blir flera som administrerar än som arbetar ute bland människorna. "Detta har inte lett till minskad brottslighet", menade John.

KAPITEL 7

En Fruktansvärd händelse

Axel var något av en enstöring som inte ville ha någon kontakt med någon av hyresgästerna på trygghetsboendet. Han verkade inte ha några anhöriga i livet och om han hade det så var det tydligen ingen som ville ha kontakt med honom. Han hade en del hemhjälp men ingen av de boende visste vad han fick hjälp med. Maten köpte han i restaurangen och den bar hemtjänstpersonalen upp till honom i hans lägenhet.

Det gick rykten om att han förvarade mycket pengar i sin lägenhet. Det var pengar som han behövde när han skulle köpa mat eller gå till doktorn eller göra något annat som kostade pengar. Enligt rykten så brukade han ta ut tiotusen kronor från banken ungefär en gång i kvartalet.   Det var ovisst om han gick till banken själv eller om han bad någon annan att hjälpa honom med detta och om denne någon kunde vara en anhörig.

Människor som man inte vet något om blir diskuterade i skvallerkretsar och Axel utgjorde inget undantag.   De flesta bedömde honom som konstig och trodde att han inte mådde särskilt bra.   En kväll hörde närmaste grannen ett oväsen i Axels lägenhet och eftersom det lät som att han bråkade med någon så ringde grannen till Larmcentralen. Polisen lovade att komma och grannen gav dem kodnumret så att de kunde komma in genom entréporten.

Det dröjde länge innan polisen kom och under tiden hade det blivit tyst i Axels lägenhet.   Polisen gick in i lägenheten och denna verkade vara i det närmaste tom så när som på en person nämligen Axel.   De hittade honom liggande på golvet och de kunde konstatera att han var död.   Polisen kontaktade en läkare för att utröna dödsorsaken och de började också att göra en teknisk undersökning på mordplatsen.

Läkaren kunde konstatera att Axel avlidit av ett hårt slag i huvudet med ett trubbigt föremål. Dock kvarstod frågan om motivet. Vem kan ta livet av gammal enstöring som aldrig gjort något ont?   De obesvarade frågorna var många.   Nyheten blev en chock för de boende och det blev det stora samtalsämnet under lång tid framåt.   De flesta förstod att det inträffade lika gärna hade kunnat hända dem och det märktes att de kände sig otrygga.   Dock hoppades de på att mordet på Axel skulle klaras upp så snart som möjligt.   John menade att mordutredningen måste ha sin gång och att den säkert skulle ge svar på deras frågor.

KAPITEL 8

Mordutredningen

Det tog lång tid innan Axel kunde begravas. Detta berodde dels på att det var svårt att hitta några anhöriga och dels på grund av en tidsödande mordutredning. Det gällde först och främst att utreda den faktiska dödsorsaken och kroppen skickades därför på rättsmedicinsk undersökning. Allt detta tog förstås sin tid. Till slut kunde man konstatera att Axel avlidit cirka klockan tio den aktuella kvällen och att han avlidit av ett slag i huvudet med något trubbigt föremål.

Under tiden letade polisen i lägenheten efter mordvapnet men något sådant gick inte att hitta. Ett omfattande arbete lades ner på att leta fingeravtryck men trots att man letade överallt så hittade man inga sådana. Det togs också en del DNA prov men inte heller dessa verkade stämma med de brottslingar som var kända hos polisen. Förövaren kunde ju förstås vara en för polisen okänd gärningsman.

Motivet var lättare att konstatera eftersom Axel samma dag besökt Sparbanken och tagit ut tiotusen kronor i kontanter och att dessa pengar inte fanns kvar i lägenheten. Jakten på släktingar och övriga anhöriga blev betydligt svårare.   Efter idogt arbete så hittade polisen en kusin som bodde på en ort i Norrland men denne hade aldrig träffat Axel och visste inte ens om hans existens.

På frågan om han visste om Axel kunde ha flera släktingar kunde kusinen erinra sig att Axel borde ha ett kusinbarn men henne hade han inte träffat på femton år och då bodde hon i Texas i USA.   Polisen kunde konstatera att kusinen, som hette Vilgot, även han var en riktig enstöring och han visste ingenting om sitt kusinbarn i Texas. Det fanns många obesvarade frågor. Vem visste om att Axel tagit ut tiotusen kronor på Sparbanken samma dag som han blev mördad?   Vem släppte   in   förövaren   genom   entréporten? Misstankarna föll på någon som hade anslutning till trygghetsboendet.   Frågan var vem det i så fall skulle vara?

Bland hyresgästerna på boendet blev det som hänt det stora samtalsämnet och de konstaterade att alla i nuläget var misstänkta.   John, som hade arbetat inom polisyrket i trettio år, menade att förövaren måste ha fått hjälp att komma igenom entréporten och hade följt efter Axel när han gick in.   Han ansåg att polisen borde prata med den hemtjänstpersonal som han hade kontakt med.   Tipset gick vidare till polisens utredare som genast började prata med den personal som brukade hjälpa Axel. Samtalen gav inte så mycket mer än vad som tidigare hade framkommit och ingen kände till Axels umgänge om han nu hade något.

De flesta kände till att han gick till banken och hämtade pengar men alla kände till att han alltid gick ensam dit.   Uppgifterna bekräftades också av personalen på Sparbanken. Vid den tekniska undersökningen fick man fram att alla uppgifter om Axels bankkonton var försvunna och på Sparbanken kunde man konstatera att några ytterligare uttag inte gjorts på kontot varvid det spärrades för fortsatta uttag. Nu var det bara att hoppas att det skulle göras försök till ytterligare uttag på kontot så att gärningsmannen kunde gripas.   Pensionärerna på trygghetsboendet följde noga allt som hände och hoppades att den skyldige snart skulle försöka att ta ut pengar på Axels bankkonto.

KAPITEL 9

En lång väntan

Upplösningen blev en lång väntan och otåligheten bland de boende växte för varje dag. Axel hade uppenbarligen en del pengar på sitt konto och man väntade uppenbarligen på att någon skulle försöka att komma åt dem. John var säker på att förövaren befann sig på orten och att han följde utvecklingen i den lokala pressen. Eftersom han förstod riskerna med att röra kontot så lät han det vara. Han hade också förstått att det skulle göras en bouppteckning efter Axel och då skulle boutredningsmannen ta hand om pengarna så förövaren hade säkert inga planer på att ta ut några pengar på Axels konto.

Gustav funderade över vad som händer om förövaren vistas på platsen och om han får hjälp av någon som har kännedom om hur man tar sig in i trygghetsboendet. De flesta ansåg att mordutredningen tog för lång tid och att den för mycket koncentrerades på väntan. Mordutredningen hade av allt att döma kört fast och de trådar som man arbetat efter tycktes vara förbrukade.   Om förövaren fanns på platsen så var han eller hon välinformerad om den mordutredning som pågick.

Begravningen hade varit en tråkig och tragisk historia. Några av hemtjänstpersonalen hade varit närvarande liksom några få gamla på trygghetsboendet.   Inte enda av Axels släktingar hade varit närvarande och efter jordfästningen skiljdes besökarna åt vid kyrkan och var och en gick hem till sig.

KAPITEL 10

Antons berättelse

Kanske var det en tillfällighet att Gustav skulle träffa sin gamle barndomsvän och skolkamrat Anton. Han hade åkt in till staden och passade på att äta på den restaurang där han varit stamkund under hela sitt yrkesmässiga liv. Vid ett bord bredvid fick han syn på en man som han sett förut men som han just då inte kunde placera i sitt minne. Han tyckte att mannen såg ut att vara Anton som under så många år varit hans bäste vän. Han flyttade över till Antons bord och denne kände genast igen sin gamle polare och det blev ett minst sagt kärt återseende.

De hade inte träffats på nästan trettio år och det hade hänt mycket i deras liv sedan dess så de hade mycket att prata om. Anton berättade att han bodde i Rinkeby och han beskrev denna plats som ett getto där antalet svenskar var i stor minoritet i förhållande till alla invandrare som bodde där. Anton förklarade att brottsligheten var stor i området.

"Arbetslösheten är stor, det är sannerligen inte många i området som försörjer sig på arbete." Han ansåg att han fick vara glad över att vara frisk och ha livet i behåll för i detta område fick man verkligen frukta för sitt liv.   Gustav berättade att han bodde på ett trygghetsboende i andra änden av staden men han ansåg ändå inte att han kände sig särskilt trygg.

Han berättade att en man vid namn Axel som bodde på trygghetsboendet hade blivit mördad och i samband med detta blivit bestulen på minst tiotusen kronor.   Hans bankkontonummer hade stulits men kontot var spärrat och det hade inte gjorts några försök att ta ut några pengar på kontot.   Mordutredningen tycktes ligga nere och trots att flera spår säkrats i form av fingeravtryck och DNA prov så har det inte gått att binda någon gärningsman.   Det var mycket som var konstigt med det här.

"Det faktum att jag bor på ett trygghetsboende innebär att entréporten till varje trapphus är låst och det är bara hyresgästerna och den anställda personalen som har nyckel och kan ta sig in genom entréporten. Om någon hyresgäst kommer in kan förstås någon utomstående passa på att smita in för alla känner ju inte alla på detta boende", sade Gustav. Denna teori hade prövats och diskuterats under mordutredningen.

Anton hade lyssnat på Gustavs berättelse och nu var det hans tur att prata.   Han hade konstaterat att

Gustav ansåg sig bo på ett trygghetsboende men han slog fast att det inte fanns några sådana i landet numera. Det fanns ingen trygghet i landet överhuvud taget. "Landet har invaderats av flyktingar och invandrare och andra kriminella element från andra delar av världen och många vistas i landet illegalt. Det finns många ensamkommande barn som vistas i landet och som har gått under jorden och försörjer sig på brottslighet. Dessa barn kan inte utvisas eftersom deras hemländer inte vill ta emot dem."

"Det är många länder som infört hårda straff för brottslighet så Sverige har blivit en fristat för brottslingar. Det finns också människor som flytt till Sverige för att de är otrygga i sitt eget land men dessa har verkligen blivit blåsta på tryggheten. Det finns ingen kontroll på vilka som kommer in i landet så vi vet inte hur många kriminella gäng det finns", menade Anton.

Enligt uppgifter från säkerhetspolisen utgör ett sextiotal av de flyktingar som kommit in i landet en säkerhetsrisk för Sverige. Invandringen från Baltikum har också blivit ett stort problem och Sverige har blivit en fristat även för dem. Mord är vardagsmat för dessa människor och när de ertappas så har de lärt sig att neka till brott om de skulle ställas till svars för något. De har stora nätverk omkring sig och är välinformerade om polisens arbete.

Många frågar sig vad polisen gör men det konstateras alltid att den är underbemannad. Om polisen gör något så får den kritik och om den inte gör något så kritiseras de för det. Sverige har för slappa regler och att skärpa straffen är inte tänkbart. Det är ju "människor" som begår brotten och "människor" måste man ta hänsyn till. Alla människor är lika mycket värda oavsett vilka grova brott de begår. Gustav gladdes mycket över mötet med Anton och när de skildes så bjöd han hem honom till sin lägenhet. Han lovade att se till att han kom in genom entréporten på lagligt sätt. Anton tackade ja till erbjudandet eftersom han insåg att de hade många roliga minnen att prata om.

KAPITEL 11

Varför rådde stiltje i Mordutredningen?

Mordutredningen efter mordet på Axel låg nere eftersom polisen väntade på att någon skulle göra anspråk på hans bankkonto och detta irriterade verkligen de pensionärer som bodde på Äldreboendet. Mordet var fortfarande det stora samtalsämnet när hyresgästerna träffades. Alla hade sina teorier men det var ingen som hade något konstruktivt att komma med som kunde leda till gåtans lösning. På en punkt var dock enigheten stor, alla ansåg att polisen gjorde alldeles för lite.

John försökte förklara under vilka förutsättningar

polisen arbetade och att det krävdes bevis för att någon skulle kunna åtalas.   Hans egen uppfattning var att polisen borde söka i närområdet och undersöka dem som har eller har haft anknytning till trygghetsboendet. Alla de som var närvarande försäkrade att de var oskyldiga och att de aldrig skulle ha kunnat göra Axel något illa.

De flesta var övertygade om att gåtan skulle lösas om någon gjorde anspråk på Axels bankkonto men de var övertygade om att det visste även förövaren och det var därför som han inte tänkte göra anspråk på hans konto.   Han kanske hade kastat bort uppgifterna och hoppats att någon skulle hitta dem och åtalas i hans ställe.   Längre än så kom man inte i diskussionen, åtminstone inte den här gången.

KAPITEL 12

Anton gör ett besök hos Gustav

Det dröjde inte länge förrän Anton hörde av sig till Gustav och utryckte sin glädje över att ha återsett sin gamla polare.   Han var intresserad av det där med trygghetsboende och dessutom ville han höra mera om det mord som Gustav hade berättat för honom om. De kom överens om en dag när de kunde träffas och Gustav lovade att möta Anton vid järnvägsstationen.

Anton kom redan på morgonen den aktuella dagen och Gustav hade förberett sig noga för att Anton inte skulle bli besviken.   Han hade planerat att de skulle äta lunch på boendets restaurang och att Anton skulle få vara med i gemenskapen med andra hyresgäster. Anton höll med om att det kunde vara en trygghet att veta att ingen obehörig kunde komma in genom entréporten men han ansåg att den som var ute efter att begå brott kunde ta sig in var som helst.   Han tyckte också att Gustav hade en trivsam lägenhet och han hade inte något emot att flytta in i ett liknande boende.

Besöket på restaurangen ansåg han också vara positivt.   Övriga hyresgäster var också intresserade av nykomlingen och det bord som Gustav valt ut åt dem fylldes snart med andra hyresgäster.   Maten lät sig väl smaka eftersom det var kalops som var både Gustavs och Antons älsklingsrätt.   Samtalen handlade till en början om vänskapen mellan Anton och Gustav men övergick snart till att handla om livet på trygghetsboendet.

Alla var överens om att det var bra för äldre att träffas varje dag och att deltaga i olika aktiviteter. Denna dag skulle det bjudas underhållning av Dragspelsklubben.   Efter underhållningen satte sig de flesta ned och pratade och det fanns mycket att prata om. Alla ville informera Anton om vad som hände på trygghetsboendet och även om denne kände till mordet på Axel så ansåg han att en hel del intressanta uppgifter kommit fram.

Även om han inte själv hade någon uppfattning i frågan så tyckte han att det var konstigt att ingenting hände i utredningen.   Han menade att även polisen borde räkna ut att förövaren har eller har haft anknytning till orten och att förövaren aldrig kommer att göra anspråk på Axels bankkonton. Han trodde inte att mordet gick att lösa om inte polisen ändrade strategi.

John upplyste honom om att det var många som hade lokal anknytning och att det inte gick att granska alla.

Hyresgästerna tycktes komma bra överens med Anton och föreslog att han skulle ställa sig i kö för en lägenhet och Anton ville gärna detta men han trodde att det skulle bli problem eftersom han bodde i en annan kommun.   Det var sent på kvällen när Anton reste hem men han lovade att komma tillbaka. Han skulle också ställa sig i kö till det trygghetsboende som han hade besökt.   Om detta skulle vara möjligt förstås.

KAPITEL 13

Hur hade mordet påverkat det dagliga livet?

Det har gått mer än sex månader sedan mordet på Axel och det kan vara på sin plats att fundera över hur händelsen kan ha påverkat livet på trygghetsboendet? Svaret på frågan måste bli "inte särskilt mycket." Händelsen fick allt mindre utrymme i den interna diskussionen på trygghetsboendet och det verkade som om allt hade återgått till det normala igen. Försiktigheten fanns förstås kvar liksom misstänksamheten men några större förändringar gick inte att notera.   Händelsen fick inte heller något utrymme vare sig i rikspressen eller i den lokala pressen och man fick intryck av att händelsen var på väg att glömmas bort.

Det hade tillkommit en hel del annat som kunde vara värt att prata om, till exempel att en industri i leksaksbranschen   skulle   flytta   sin   verksamhet utomlands och att fyrahundrafemtio människor skulle bli arbetslösa.   Åtgärden   hade   föranlett Arbetsmarknadsministern   och   ordföranden   för Landsorganisationen att ordna en demonstration där företagsledningen uppmanades att ta sitt ansvar. Företaget ansåg att det var deras ansvar att företaget skulle vara lönsamt och att Regeringens företagspolitik slagit undan benen för att kunna hävda sig i Sverige på grund av ständigt ökade pålagor. Det var svårt att bedriva företag i Sverige vilket innebar att många företag flyttat från Sverige.

Detta   blev   ett   hett   diskussionsämne   på trygghetsboendet och det fanns många röster för och emot detta påstående. De flesta ansåg dock att alla företag måste anpassa sig till marknaden och att det inte gick att slå undan benen på företagen i landet. Ett annat diskussionsämne som dök upp var skalbolag och brevlådeföretag som förde med sig att företag och enskilda förde över pengar till så kallade skatteparadis där de inte behövde betala någon skatt.

De flesta ansåg att detta var förfärligt eftersom vanliga människor tvingades att betala de höga skatter som rådde i landet.   Många hävdade dock att sådant händer i ett land där höginkomsttagare och rika människor anser att skatten är för hög.   Ett annat tvisteämne var de många strejkvarslen som skulle få konsekvenser främst för byggindustrin.   Sverige behövde bygga ett stort antal bostäder därför att landet helt ansvarslöst tagit in etthundra sextiotusen flyktingar i landet och att dessa behövde någonstans att bo.

En och annan tyckte att de kunde få bo i tält. Regeringen ville inte ta ansvar för denna vansinniga flyktingpolitik utan de krävde ansvar av kommunerna. De glömde bort att det fortfarande finns kommuner i landet som bara har tvåtusen invånare.

KAPITEL 14

Kanske ett steg närmare mordets lösning?

Erik Andersson var en man i femtioårsåldern. Han bodde i en stuga på landet några kilometer utanför samhället. Han var en friluftsmänniska som älskade att ströva omkring i skogen och på hösten ägnade han mycket tid åt att plocka bär och svamp. Denna dag utgjorde inget undantag eftersom det var en varm och solig höstdag i början av september.

Vad kunde vara bättre för en friluftsmänniska än att få tillbringa en sådan dag i skogen? Kanske kunde han få med sig lite bär och svamp som skulle vara bra att ha under den kommande vintern? Han gick omkring i skogen med sin bärplockare och sin korg och han kunde inte klaga på resultatet av sin promenad. Efter ett par timmar var korgen full med svamp och hinken full med lingon.

Han satte sig ner på en stubbe för att njuta av kaffe och smörgåsar som han tagit med sig. Han tog god tid på sig eftersom han ansåg att det var betydligt skönare i skogen än i hans stuga. Han satt länge och njöt av septembersolen men till slut reste han sig för att gå hem. Plötsligt fick han se en plastpåse som låg på marken. Han böjde sig ner och tog upp den. Den verkade innehålla någon form av papper. Han tittade efter och upptäckte att det var bankhandlingar med nummer på ett bankkonto som hade ett saldo på över etthundratusen kronor.

Han tog med sig papperen och överlämnade dem till polisen redan nästa dag. Polisen kunde konstatera att de handlingar som Erik hade hittat tillhörde den mördade Axel. Polisen uppgav att kontot var spärrat och att Erik säkert skulle få hittelön. Polisen började genast undersöka papperen och det togs många fingeravtryck och DNA prov. Problemet var att det var många fingeravtryck på papperen. Det var tydligen många som hittat dem före Erik men som lagt dem tillbaka för att inte bli misstänkta. Detta gjorde det svårare att lokalisera gärningsmannen.

KAPITEL 15

Nytt försök att få fart på polisutredningen

Det blev ingen lätt uppgift för polisen att analysera det nya materialet trots att många fingeravtryck togs. Dock var man övertygad om att även förövarens fingeravtryck fanns med på materialet men de kunde ju inte veta vems fingeravtryck som tillhörde gärningsmannen. Men det är också tänkbart att gärningsmannen hade handskar på händerna när han slängde papperen och att han haft det även när han flyttade dem från Axels lägenhet.

Det inträffade blåste liv i debatten på trygghetsboendet. Åsikterna var många men alla var övertygade om att gärningsmannen kom från orten och att denne följde med allt som hände via lokalpressen.

Anton, som via media blivit informerad om utredningen och de nya uppgifter som kommit fram, kontaktade Gustav för att få information men denne hade inte så mycket nytt att informera om. Dock enades de om att träffas så snart bilden börjat klarna.

KAPITEL 16

De anställda på trygghetsboendet

Det trygghetsboende där Gustav bodde hade ett femtiotal anställda. De flesta arbetade inom hemtjänsten men det fanns också personal i arbetsledande ställning samt sjukvårdspersonal. De boende behövde de anställda eftersom många av dem var långt ifrån friska. Hemtjänstpersonalen gjorde ett uppskattat arbete och deras insatser hade stor betydelse.

Precis som på många andra arbetsplatser hade några arbetat länge och de hade svårt att acceptera de regler som gällde utan ville istället lösa problemen på sitt sätt. Därför uppskattade inte dessa när Gustav hade kontakter med ledningspersonalen och fick en del rutiner ändrade. Kommunen var fattig och att spara pengar var det ständiga mottot. Därför var de avgifter de tog ut av de boende för sina tjänster höga i förhållande till många andra kommuner.

Verksamheten sköttes till stor del av en dator och varje anställds arbetstimme var inrutad. Om någon hade städhjälp och glömde bort detta så debiterades avgift i form av så kallad "bomtid". När Gustav påpekade att man inte fick ta betalt för tjänster som inte utförts så ändrade kommunen på detta och slutade att ta betalt för tjänster som inte utförts. I stället infördes en rutin som innebar att hemtjänstpersonalen skulle påminna de som skulle ha städning en dag innan städningen skulle utföras.

Flera av de äldre anställda tillämpade andra lösningar som att skriva in i de gamlas almanackor när städningen skulle utföras men dessa tvingades till slut också följa de fastställda rutinerna. Ett mycket uppskattat inslag i verksamheten var den så kallade Träffpunkten där de boende samlades för gemensamma aktiviteter och det skall sägas att detta var en bidragande orsak till att de flesta av de boende verkligen trivdes. Det var en lång kö till att få en lägenhet på detta boende.

Det fanns förfrågningar om att få hyra lägenhet på detta boende från personer som bodde i andra kommuner. En av dem var Gustavs gode vän Anton. Men Gustav trodde att det skulle bli svårt för honom att få en lägenhet på detta boende eftersom han inte bodde i den kommun där boendet var beläget.

KAPITEL 17

En Försenad upptäckt

Mordet på Axel var ännu ouppklarat men bouppteckningen hade redan genomförts och arvskifte hade gjorts enligt de regler som gällde för detta. Dock framkom uppgifter som ingen känt till tidigare. En kvinna vid namn Emma hade hört av sig till polisen och meddelat att Axel var far till hennes son som hon födde för cirka femtio år sedan. Axel hade försvunnit innan barnet föddes och några faderskapshandlingar blev aldrig skrivna så i folkbokföringen står att sonens fader är okänd.

De sociala myndigheterna hade gjort sitt bästa för att få fatt på Axel men misslyckats med detta. Utredningen lades ner och sonen förblev faderlös. Axels två okända släktingar kontaktades men ingen av dem hade hört talas om att Axel skulle ha en son men de tog inte detta för otroligt. De ansåg att frågan måste utredas och om Axel hade en son så var det han som skulle ha Axels kvarlåtenskap. Det gällde bara att få tag i sonen och ta blodprov på honom för att kunna jämföra med Axels blodprov som redan var känt.

Emma kontaktades för att ge upplysningar om sonen och var han befann sig. Emma hade inte haft kontakt med sonen på över ett år men hon gav dem den adress som gällde då. Hon uppgav att sonen heter Bengt och så vitt hon kände till så var han inte gift eller hade några barn. Hon uppgav också att sonen figurerat i kriminella kretsar och att han avtjänat flera fängelsestraff. Polisen sökte Bengt på den angivna adressen men fick veta att han inte bodde där längre. Han hade dömts för en rad brott ett år tidigare och befann sig nu troligen på Österåkersanstalten.

Vid kontakt med anstalten fick polisen veta att Bengt fått permission några månader tidigare och att han avvikit i samband med denna. Han skulle hälsa på sin far men eftersom det stod i kyrkböckerna att hans fader var okänd så betraktades detta som en ren rymning.

KAPITEL 18

Jakten på Bengt

Jakten på Bengt blev både lång och resultatlös, åtminstone till en början. Han hade berättat för några medfångar att han hade en far som troligen bodde på ett trygghetsboende i Stockholmstrakten men att han inte visste var detta låg. Därför började man undersöka om Bengt kunde ha något med mordet på Axel att skaffa ty det fanns en del tecken på att det kunde vara så. Man kopplade ihop fingeravtryck och DNA prov på Axel och Bengt men trots att mycket stämde så var det mest tveksamheter och spekulationer.

Det inträffade medförde att diskussionen tog fart bland de som bodde på trygghetsboendet. Många undrade om Axel verkligen hade en son. Han hade gjort sig känd som en enstöring så det verkade konstigt att han kunde ha haft kontakt med en kvinna. En annan fråga som blev diskuterad var hur Bengt hade fått tag på Axels adress och alla frågade sig hur han kommit in genom entréporten.

John hade sin teori klar. Han menade att någon med anknytning till trygghetsboendet måste ha hjälpt honom att komma in. Dock var det svårt att få fram vem det kunde vara, för att ta sig in genom entréporten utan egen nyckel eller hjälp inifrån var helt omöjligt. Alla som bodde på detta boende hade undersökts, och detta hade inkluderat även hemtjänstpersonalen, utan att några ledtrådar hade hittats.

Utredningen fick därför gå vidare med andra teorier. Faktum var att alla som tidigare avförts från utredningen nu åter var misstänkta och nu gällde det bara att kartlägga Bengts kontakter och man började med att undersöka de kontakter som han haft under sin fängelsevistelse. Resultatet var inte särskilt fruktbärande åtminstone i detta stadium av utredningen.

Ortens tidningar hade också vaknat till liv igen och deras teorier var både långa och långtgående. De kom fram till att om Bengt var skyldig till mordet måste han ha samarbetat med någon från orten. Det gällde bara att utröna vem. Anton kunde läsa om allt som skrevs i ortstidningen och han tog åter kontakt med Gustav men ingen av dem kunde räkna ut hur mordet på Axel hade gått till eller vem mördaren var.

Polisen koncentrerade sig på att ta reda på var Bengt kunde befinna sig ty han var efterlyst i Sverige men även av Interpol och många adresser undersöktes utan att det gav något resultat. Emma blev orolig när hon fick veta att hennes son var efterlyst och att han var misstänkt för mordet på sin far. Men hon försäkrade att hon inte hade hört av honom och att hon inte visste att han rymt från fängelset. Hon hade dock en from förhoppning att han skulle höra av sig till henne även om han befann sig i nöd.

Under Bengts många fängelsevistelser hade Emma hört honom prata om en man vid namn Oskar och hon trodde att Bengt och Oskar blivit något slags polare. Emma visste ingenting om Oskar eller vad han hade gemensamt med Bengt. Polisen tyckte att detta spår var värt att undersöka och de kunde konstatera att Oskar var intagen på Österåkersanstalten och han hade tydligen varit i kontakt med Bengt innan denne avvek från anstalten.

KAPITEL 19

Oskars berättelse

Oskar var en man i sextioårsåldern som tillbringat större delen av sitt liv på olika anstalter. Han hade gjort sig skyldig till massor av inbrott och stölder men han ansågs inte vara farlig för någon. Han uppgav att han känt Bengt i tjugofem år då de båda tillsammans gjorde ett inbrott i en Guldsmedsaffär och för detta brott blev dömda till två års fängelse.

Den gången avtjänade de sitt straff på en anstalt som hette Hall och som låg i trakten av Norrköping. För ett år sedan hade de träffats igen på Österåkersanstalten. Oskar hade kommit dit efter ett misslyckat försök att råna Sparbanken under det att Bengt gjort sig skyldig till grovt rån och ett mordförsök på ett äldre par. Oskar kände igen Bengt till utseendet men ansåg att han hade förändrats. Han berättade att hans far bodde på ett trygghetsboende i Stockholmstrakten och han uttalade en önskan att få träffa honom. Det fanns många sådana boenden och Bengt visste inte riktigt var hans far bodde. Han undrade om han någonsin skulle få träffa sin far.

Oskar ansåg att Bengt hade förändrats även på andra sätt. Han hade övergivit sin kristna tro, om han nu haft någon, och blivit Muslim. Han sympatiserade med det Muslimska Brödraskapet och Oskar ansåg honom vara islamist. Han var irriterad på alla rasister som inte ville släppa in islamister i landet. Han uppgav att han hade planer på att resa till Syrien för att för att slåss med Den Islamiska staten så snart han blev fri från sitt straff. Han ansåg att Allah var den ende frälsaren och alla kristna måste förintas. Nu hade han som sagt avvikit från anstalten och han kanske hade fått veta var hans far bodde.

Han hade kanske planer på att hälsa på sin far på vägen till Syrien? Frågan var vem som i sådant fall hade talat om för honom var fadern bodde och vem som släppt in honom genom entréporten? Vilken bekant kunde Bengt ha som gjort honom den tjänsten? Misstankarna föll på Sara, som var den enda kriminellt belastade på trygghetsboendet, men hon förnekade varje kännedom om detta och sade att hon inte kände Bengt.

Polisen undersökte även om Bengt rest från Sverige och fick veta att han rest till Turkiet dagen efter mordet. Det var bara att vänta för att se om han skulle komma hem igen. Tiden gick och så småningom fick polisen napp. En okänd person kontaktade dem och ansåg sig ha uppgifter om att Bengt var på väg till Sverige och han skulle landa på Arlanda flygplats under eftermiddagen dagen därpå.   Nu var det bara för polisen att hämta upp honom.

Polisen bevakade alla plan från Turkiet som skulle komma till Arlanda den aktuella dagen men någon Bengt dök aldrig upp. Han hade fått ändra sina planer eftersom han på väg till flygplatsen hade träffat sin gamle kompis Muhammed som då var döende. Han hade träffats av en Rysk missil och han skulle aldrig mera kunna återresa till Sverige.   Bengt och Muhammed hade en gemensam bekant, Sara. Han bad Bengt att ta med pengar som han var skyldig Sara och ge henne dem.   Eftersom Bengt var en troende islamist så lovade han att hjälpa till då han insåg att det var den sista tjänst han kunde göra för Muhammed. Han var övertygad att Allah skulle belöna honom för detta.

KAPITEL 20

Brottslingen återvänder ofta till platsen för brottet

Bengt hade blivit varnad för att ta flyget till Sverige så han hade valt den längre vägen med båt och tåg. Han hade tagit sig in i Sverige trots att han var efterlyst och eftersom han inte såg misstänkt ut så var resan genom Sverige inga större problem.   Nu var han på väg till trygghetsboendet där han skulle träffa Sara som han känt sedan många år.

Det var Onsdagsförmiddag och Gustav hade gått till tvättstugan för att tvätta några klädesplagg. Allt hade varit som vanligt om han inte fått besök i tvättstugan av en helt främmande man.   Gustav hade aldrig sett mannen tidigare och tyckte att han verkade konstig. Han presenterade sig som Allahs profet och han ville veta var Sara bodde.   Han frågade om Gustav var kristen och när svaret blev ja så hotade han Gustav med att han skulle döda honom.   Alla kristna skall dö ty det hade Allah bestämt.   Gustav meddelade att det bodde nästan hundra personer på detta boende och att han inte kände Sara eller ens hade hört talas om henne.

Mannen blev arg och fick tag i en sopborste för att måtta ett slag mot Gustav. Men vatten och utspillt tvättmedel hade gjort tvättstugans golv halt. Mannen halkade, föll baklänges och i fallet slog han huvudet i en mangel. Han blev liggande orörlig på golvet. Gustav replikerade med orden "eftersom Allah inte kan hjälpa dig upp och bota din skada så går jag upp till min lägenhet och ringer efter ambulans."   Gustav gick upp till sin lägenhet och han ringde inte bara efter ambulans utan också efter polisen som efter en stund kom och hämtade Bengt.

Efter sjukhusvistelsen hölls förhör med Bengt.   Han erkände mordet på sin far och att detta var en hämnd för att denne förnekat att han var Bengts far.   Han berättade också att han fått veta av Sara var fadern fanns och att han kände Sara sedan många år.   När Sara berättade var fadern fanns så avtjänade han ett fyra år långt fängelsestraff och det skulle finnas risk att fadern inte skulle vara i livet när straffet var avtjänat. Han hade hela tiden kontakt med Sara och det var hon som hjälpte honom att komma in genom entréporten.

När Bengt träffade sin far var denne helt avvisande till att han skulle vara Bengts far och han förklarade att han aldrig haft några barn. Det Emma påstod för femtio år sedan var bara ett sätt att komma åt honom. Fadern bad Bengt att försvinna och att aldrig mera komma tillbaka. Bengt blev rasande och slog ihjäl sin far.

Efter dådet gick han igenom Bengts plånbok och upptäckte att den innehöll tiotusen kronor. Han hittade också uppgifter om bankkontot men dessa dumpade han i skogen för att inte lämna några spår. Pengarna tog han dock med sig.   Han reste till Turkiet för att ansluta sig till Islamiska staten i Syrien.   När han tröttnat på att halshugga kristna så återvände han till Sverige.   Han uppgav att han var islamist och att han var beredd att medverka i terrordåd i Sverige.

Epilog

Gustav fick än en gång ikläda sig rollen som den store hjälten och fick figurera i alla tidningar. Han fick gång på gång berätta för hyresgästerna på trygghetsboendet om det dramatiska ögonblicket i tvättstugan. Han fick också en medalj av polisen för sin insats.

Bengt dömdes till livstids fängelse för mord och Sara dömdes till villkorlig dom för häleri. I efterhand kunde fastställas att Axel var Bengts far vilket föranledde att bouppteckningen gjordes om i efterhand.

LIVSFARLIG
SJUKVÅRD

KAPITEL 1

Ett celebert besök
i valtider väntar

Det hade gått några månader sedan Gustavs möte med IS-krigaren Bengt. Saker och ting hade återgått till det normala och han trivdes verkligen i sin lägenhet på trygghetsboendet.

Nu var det höst och det började dra ihop sig till val till Riksdagen, Kommunfullmäktige och Landstingsfullmäktige. De olika politiska partierna försökte att med alla till buds stående medel fånga väljarnas förtroende. De försökte framhålla allt det positiva som de uträttat och de ville inte gärna prata om det som inte var bra.

Detta var anledning till att ortstidningens uppgifter väckte stor förvåning bland läsarna. Sjukvårdsministern skulle tala på torget i det lilla samhället en vecka före valet. På orten fanns ett sjukhus som var mycket kritiserat eftersom det saknade både resurser och kompetens. Ett sådant sjukhus kan vara livsfarligt och många människor hade fått svåra skador och till och med avlidit av dessa skador.

I länshuvudstaden fanns ett sjukhus med god läkarkompetens men där verksamheten var så slimmad att varje läkare inte hade tillräckligt med tid för varje patient och om varje anställd har för många uppgifter så är risken stor att det blir fel och inom sjukvården får det inte bli något fel. Båda sjukhusen har under åren prickats av Institution för vård och omsorg och många patienter har tilldömts skadestånd.

Många undrade vad sjukvårdsministern skulle ha att komma med. Han styrde ju inte över den regionala sjukvården. Det gjorde landstinget som var en mastodontorganisation på lerfötter med en enorm politikerorganisation och en rent otrolig administration. Många politiker fick sin försörjning genom landstingen och det var väl den allmänna uppfattningen att sjukvården var alltför viktig för att styras av sockensnåla politiker.

Dock tycktes det som om landstinget var heligt och det ställdes inga politiska förslag att detta skulle avskaffas. Det fanns också några privata vårdcentraler och dessa fungerade betydligt bättre än den landstingsdrivna vården och det var en stor del av befolkningen som sökte vård på dessa vårdcentraler.

Många undrade vad sjukvårdsministern skulle säga om detta i sitt tal.

Hur mottogs meddelandet på Trygghetsboendet?

Bland de gamla på Trygghetsboendet togs beskedet om sjukvårdsministerns besök emot med blandade känslor och det rådde delade meningar om ortens och länets sjukvård. Flera av hyresgästerna ansåg att sjukvården i länet var bra. De ansåg att sjukvården inte fungerade bättre någon annan stans och att påståendet att människor skulle ha dött av felbehandling bara var falskt förtal. Detta trots att det fanns uppgifter som styrkte dessa påståenden.

De flesta av hyresgästerna hade dock en helt annan uppfattning. Många hade lång erfarenhet av sjukvården och hade fått framtida men på grund av felbehandling.   En av dem var Gustav som under en stor del av sin levnad varit handikappad till följd av en bilolycka och han meddelade med eftertryck att han hade mått bättre om han fått adekvat vård i tid.

Han fick medhåll av de flesta hyresgäster som också de var missnöjda med den vård de fick av den landstingsdrivna sjukvården.   John meddelade att gamla människor inte hade något värde och att man ansåg att det var bättre att satsa på de människor som var i arbetsför ålder.

Den vansinnigaste reform som någonsin beslutats var den så kallade "Ädelreformen" som innebar att kommunerna fick överta ansvaret för vården av de äldre från landstingen. Denna reform innebar att svårt sjuka åldringar betraktades som medicinskt färdigbehandlade och skickades hem till kommunerna som inte hade några resurser att ta emot dem. Det förekom att många av dessa åldringar fick åka tillbaka till sjukhuset med vändande ambulans. Många gamla skickades hem till sina bostäder utan att kommunen fick kännedom om detta.

Det förekom att kommunen inte fick information om den gamles hemkomst förrän han suttit ensam i sin bostad under ett helt dygn.   Kommunens möjlighet att bedriva sjukvård var starkt begränsad eftersom kommunen inte ens hade rätt att anställa läkare. Det kanske var bra med två huvudmän eftersom man då kunde lasta över ansvaret på varandra och skylla på varandra om något blir fel.   Detta har blivit följden när sockensnåla politiker har som enda målsättning att hålla skatten nere.

De flesta människor anser dock att sjukvård måste få kosta pengar och är benägna att betala mera skatt om de får en bra sjukvård. De anser att det finns mycket annat att spara in på.

KAPITEL 3

Frågor till
ministern

Gustav hävdade under diskussionen på trygghetsboendet att hyresgästerna borde ställa frågor till Sjukvårdsministern för att få besked om vilka förbättringar han hade att komma med för att förbättra sjukvården i länet och i landet i övrigt. De borde inte tillåta att han bara såg allting i rosenrött och inte kunde inse vilka brister som fanns.

Valtalen brukade vanligtvis handla om det som kunde vara bra och de brister som fanns brukade man tiga ihjäl. Hyresgästerna instämde i Gustavs förslag och bad honom att formulera frågorna och se till att lokalpressen publicerade dem. Gustav påbörjade sitt uppdrag så gott som omgående.

Han tog hjälp av John och Marie, en kvinna i 75-årsåldern som arbetat som sjuksköterska under hela sitt yrkesverksamma liv. Hon hade god kännedom om hur sjukvården fungerade och om de brister som fanns och hon visste också hur man skulle komma tillrätta med dem. Arbetsgruppen samlades redan påföljande dag i Gustavs lägenhet för att formulera frågorna. Det var inte så lång tid kvar innan ministern skulle komma så det gällde att skynda på om frågorna skulle hinna publiceras innan ministern gjorde sitt besök.

Marie var den som blev den mest tongivande i gruppen och det var ju också hon som hade kunskaperna om de brister som fanns. Den första frågan var om det var rimligt att landstingen skulle administrera sjukvården. De hävdade att Sverige är ett land med både tätorter och glesbygd så sjukvården var långt ifrån jämlik.

I grannlandet Finland administrerades sjukvården av kommunerna som drev sjukhusen gemensamt i form av så kallade Kommunalförbund. Men denna lösning skulle inte passa i Sverige. På 1960-talet infördes en kommunreform där det bestämdes att ingen kommun skulle ha mindre än 8000 invånare och man kan konstatera att det fortfarande finns kommuner i landet som bara har 2000 invånare. Då skulle det vara bättre att kopiera den organisation som vårt grannland Norge infört och att låta staten ta hand om sjukvårdens administration. Då kunde kostnaderna ställas i relation till övriga statliga kostnader till exempel flyktingpolitiken.

Tillgängligheten var en annan fråga som kom upp. Äldre människor har svårt att få kontakt med sjukvården på grund av att de ofta möts av telefonsvarare och som helt klart begränsar deras möjligheter att få framföra vad de behöver hjälp med.

En annan fråga som kom upp till diskussion var den höga avgiften som tydligen skulle få effekten att ingen skulle söka hjälp i onödan men det konstaterades att många äldre som skulle behöva läkarvård inte hade råd att gå till doktorn. Det fanns till och med förslag som innebar att det skulle krävas remiss från en läkare för att komma in på en akutmottagning.

Administrationen blev också en aktuell fråga. Landstingets administration var mycket omfattande och det skulle gå att spara åtskilliga miljoner kronor i varje landsting. De ansåg inte att det var rimligt att landstinget skulle styras av hundratals politiker varav en stor del är heltidsanställda. De menade att sjukvården är alltför viktig för att administreras av politiker som saknar kunskaper om sjukvård. Frågorna formulerades och publicerades i ortstidningen i god tid före ministerns besök.

KAPITEL 4

Ministerns valtal

Så kom då den aktuella dagen då sjukvårdsministern skulle valtala i den lilla kommunen. Ett stort antal människor hade samlats för att höra vad han skulle säga om en sjukvård som inte fungerade. Från trygghetsboendet hade ett trettiotal personer samlats under ledning av de personer som hade formulerat frågorna och de undrade förstås vad ministern skulle säga om dem.

Den förste att äntra talarstolen var en landstingspolitiker från orten. Han företrädde Centerpartiet, ett parti som förr i tiden stod med fötterna på jorden och levde i verkligheten men som nu verkade sväva i det blå. Han försökte göra åhörarna uppmärksamma på den förträffliga sjukvård som fanns i länet och framhöll att antalet operationer på detta sjukhus ökat med fyrtio procent.

Denne politiker fick inte så många frågor eftersom åhörarna förstod att han inte var medveten om sjukvårdens brister i länet. Att han skulle vara intresserad av att sjukvården skulle omorganiseras var otänkbart för då skulle han förlora sitt arbete.

Äntligen gick sjukvårdsministern upp i talarstolen och han verkade vara lika indoktrinerad som den landstingspolitiker som talat före honom. Han förklarade att Sverige hade världens bästa sjukvård och att de flesta människor som söker hjälp får ett bra mottagande och hjälp med att bli friska. Han undvik helt att svara på frågan varför landstinget inte betalar vård som utförs i andra länder när vården inte kan ges i Sverige. Hans svar blev bara att han skulle titta på frågan.

När Gustav ställde sina frågor blev ministern irriterad. Han kunde inte förstå varför landstingen skulle avskaffas men han medgav att landstingen hade olika förutsättningar och att sjukvården var ojämlik i landet men han trodde inte att det skulle lösa problemet om staten skulle överta sjukvården.

Beträffande tillgängligheten så hade han svårt att tro att sjukvården skulle vara svårtillgänglig för äldre och att många människor inte hade tillgång till dator kunde han inte förstå. Beträffande den höga avgiften så var detta ett sätt att undvika att någon sökte vård i onödan och när det gällde remiss för att komma in på akutmottagningen så ansåg han att personalen på dessa mottagningar och antalet vårdsökande ökar kraftigt

Ministern avvisade alla påståenden att länets och ortens sjukvård inte fungerar och han upprepade än en gång att Sverige har världens bästa sjukvård. De flesta besökare ansåg att ministerns besök inte gav något positivt utan att det rörde sig om valpropaganda. Men de trodde att det fanns många som trodde på vad han sade.

KAPITEL 5

Reaktioner på ministerns tal

Ortstidningen var inte särskilt imponerade av ministerns tal och menade att han inte pratade om verkligheten och att han inte berörde de problem som fanns inom sjukvården. Han pratade om att sjukhusen brottades med läkarbrist och sjuksköterskebrist och att delar av sjukhusen måste stängas men han nämnde inte orsakerna till bristerna.

Åhörarna var med några få undantag besvikna eftersom de hade väntat sig besked om hur sjukvården skulle bli bättre och inte påståendet att den skulle vara bra för det var den inte.

På trygghetsboendet rådde både besvikelse och ilska och de flesta konstaterade att gamla människor inte skulle besvära sjukvården. Många undrade varför gamla människor måste betala skatt till landstinget eftersom de måste stå ut med särbehandling och att människor i produktionen skulle ha förtur till sjukvård. De hoppades på att något politiskt parti skulle tillvarata deras intresse.

De var inne på att starta ett pensionärsparti för om alla pensionärer skulle rösta på detta parti så skulle deras önskemål förverkligas.   Det var dock så att pensionärer inte var någon homogen grupp och de flesta röstade som de alltid har gjort. Samtalen slutade med resignation.

KAPITEL 6

Världens bästa sjukvård

På trygghetsboendet hade de flesta lärt sig vad som menades med att vara medicinskt färdigbehandlad. Det innebar inte att man var frisk utan i bästa fall kunde det innebära att den sjuke kunde gå med hjälp av tekniska hjälpmedel som till exempel en rullator eller kunde hjälpligt förflytta sig i en rullstol. Dessa människor skulle behandlas av kommunen som inte hade någon sjukvård och inte ens fick rätt att anställa läkare.

Många av hyresgästerna på trygghetsboendet var så sjuka när de kom hem att de fick åka tillbaka till sjukhuset. Det hade också hänt att döende patienter skickats hem för att få dö i sin hemmiljö. Många människor protesterade och ortstidningen fylldes med insändare från arga patienter.   Sjukhusledningen försvarade sig alltid med att de hade brist på läkare och sjuksköterskor.   Den egentliga orsaken var dock att landstingen var en koloss på lerfötter som styrdes av sockensnåla politiker.

Gustav hade under åren haft mycket kontakt med sjukvården på grund av sitt handikapp och så en dag tvingades han åter komma i kontakt med ortens sjukhus.   Han hade ramlat när han var på väg till affären för att handla och detta hade resulterat i att han brutit lårbenshalsen.

Han fick ligga några dagar på sjukhuset innan en läkare från Länssjukhuset kunde komma och operera hans höft.   Han fick ligga på en sjuksal tillsammans med sex andra patienter som låg inne för olika sjukdomar. Patienterna pratade ofta med varandra om sina sjukdomar och vilken behandling de fick.   Deras berättelser var inte särskilt positiva för Gustav som nyligen fått veta att han bodde i ett land som hade världens bästa sjukvård.

Många av hans medpatienter hade utsatts för felbehandlingar och deras möjligheter att bli medicinskt färdigbehandlade var inte så stora. En man vid namn Johan hade legat på sjukhuset i två månader.   Hans sänka höll sig på tvåhundra mot normalt tio.   Trots många och upprepade provtagningar så hade de inte kunnat utröna orsaken. Gustav undrade om de hade tagit rätt prover men Johan var alltför sjuk för att ha någon uppfattning om detta.   Gustav började misstänka att det kunde röra sig om en felbehandling och att det bästa för både Johan och sjukhuset var om han avled så snart som möjligt för då skulle en eventuell felbehandling aldrig kunna styrkas.

Gustav blev liggande på sjukhuset några dagar efter operationen innan han skickades hem som medicinskt färdigbehandlad. Vad Johan beträffar så avled han några dagar efter Gustavs utskrivning. Gustav kunde läsa dödsannonsen i ortstidningen.

KAPITEL 7

Gustavs återkomst

Det finns ett ordspråk som lyder: "Operationen lyckades men patienten dog." Då får man en patient mindre. Gustavs återkomst till Trygghetsboendet välkomnades av övriga hyresgäster och han fick flera gånger berätta om sina upplevelser och hans berättelse följdes noga av alla som bodde där.

Han berättade att sjukhuset hade en mycket stor administration med sjukhuschef, flera avdelningschefer och en lång rad administratörer. På vård sidan var det betydligt sämre ställt. De som ansökte om akut vård fick ofta vänta länge eftersom akutkliniken bemannades av en underläkare eller en så kallad AT-läkare som dessutom skulle svara för en eller flera avdelningar på kvällstid.

Det fanns också ett stort antal sjuksköterskor och undersköterskor men det var svårt att utröna vad dessa hade för uppgift. I mån av plats kunde de allra sjukaste bli inlagda men det var ont om platser så de flesta vårdsökande skickades hem med medicin. Om denna medicin var lämplig för patienten visste inte alltid läkaren eller AT-läkaren som tvingades att samråda med en utbildad läkare som hade så kallad bakjour.

Gustav berättade också om Johan som legat på sjukhus i flera månader utan att man kunde utröna vad han hade för fel. Han hade uppenbarligen blivit felbehandlad och hans död var nog en befrielse för honom. Det måste också ha varit en befrielse för sjukhuset ty det skulle då bli svårt att utreda om någon felbehandling hade skett. Ett antal platser måste stå tomma om det skulle inträffa en allvarlig trafikolycka som skulle kräva inläggning.

Den förste som reagerade på Gustavs berättelse var John. Han var gammal polis och han ifrågasatte om det som hände inte var brottsligt. Han rådde Gustav att skriva om detta i ortstidningen för att skapa opinion. Gustav skrev en insändare och han förväntade sig att få mothugg men i stället fick han kontakt med många människor som uppgivit att de blivit felbehandlade.

En kvinna som sökte vård för svår huvudvärk skickades hem med Alvedon. Det visade sig att hon hade hjärntumör och hon avled en tid senare. En man som hade skadat handen skickades även han hem med Alvedon för att några timmar senare tvingas åka till länssjukhuset där man kunde konstatera att han fått blodförgiftning.

Gustav kunde konstatera att Världens bästa sjukvård hade många brister. Det skulle inte dröja länge innan Gustav skulle få kontakt med denna sjukvård igen.

KAPITEL 8

Reaktioner på Gustavs berättelse

Gustavs berättelse väckte både oro och ilska hos trygghetsboendets hyresgäster. Ilska över att sjukvården inte fungerade bättre trots att landstingsskatten var hög och oro för att sjukhuset skulle läggas ner och att orten skulle bli utan sjukhus. De var medvetna om att länssjukhuset inte hade vare sig resurser eller kompetens att överta sjukvården i hela länet så allt skulle då bli ännu sämre.

Det var inte försämring utan förbättring de ville ha. De ifrågasatte vad deras skattepengar användes till och de bestämde sig för agera på något sätt och uppmanade Gustav att skriva en ny insändare för att informera och för att väcka opinion. Syftet skulle vara att få bort de politiker som styrde sjukvården men det stora problemet var dock att de flesta landstingspolitiker bodde i andra delar av länet och skulle inte ha så stort intresse av att deras sjukhus fanns kvar.

Länssjukhuset hade hög läkarkompetens men varje läkare hade inte erforderlig tid för varje patient. På varje arbetsplats gäller att om de anställda har för många uppgifter så är risken stor att det blir fel och fel inom sjukvården kan få förödande konsekvenser. Gustav lovade att göra sitt bästa för att väcka folkopinionen och han skulle få betydligt mera bränsle att lägga på brasan och det snabbare än han själv kunde ana.

KAPITEL 9

Ju fler kockar desto sämre soppa

Sjukvården måste vara till för alla och de människor som blir sjuka måste få den vård som krävs för att de skall bli friska. Det verkar som om samhällets resurser inte räcker till för detta självklara krav. Det gäller att välja vilka människor som skall få vård och vilka som skall bli utan.

Det gäller att välja ut människor och då krävs ett stort antal administratörer som försöker hitta regler som nära nog stänger ute vissa grupper, främst pensionärer, som inte arbetar utan bedöms som tärande. Det finns många sätt att göra sjukvården svårtillgänglig för äldre.

Begränsade telefontider innebär svårigheter att nå fram till sjukvården och för de som inte innehar dator eller ens kan använda en blir det ännu svårare eller rent av omöjligt.   Det går fortfarande att kontakta akutmottagningen men då måste man först gå till en läkare för att få remiss dit.   Det sker hela tiden en prioritering och de människor som arbetar och deltar i produktionen kommer först.

På senare år har det dykt upp privata vårdgivare i sjukvården och detta har bidragit till att äldre har fått större möjligheter att få hjälp med sina medicinska problem. Dessa aktörer driver både sjukhus och vårdcentraler och har setts som ett välkommet alternativ inte minst för de äldre.   Det har emellertid uppstått en livlig debatt om den privata vården bland politiker som anser att samhället vet bäst och att några andra inte skall lägga sig i vården.

Nu har man konstaterat att flera privata företag redovisar vinst och detta anses vara helt förkastligt.   De menar att samhällets pengar till sjukvården inte skall hamna hos privata aktörer och gå vidare till skatteparadis. Alla måste vara nöjda med den vård som landstinget ger och alla måste vara glada att de får vara tacksamma. Konkurrens är ett fult ord om man vill konkurrera med den samhällsdrivna vården. Alla måste behandlas lika och ingen skall ha några extra fördelar.

KAPITEL 10

Gustav träffar gamle Bosse

Gustav fick genomgå några efterkontroller efter sin höftledsoperation eftersom han hade fått en infektion i operationssåret. Han vägrade att göra kontrollerna på ortens sjukhus eftersom han hade konstaterat att hygienen inte var den bästa på detta sjukhus så därför begärde han att kontrollerna skulle göras vid länssjukhuset.

Efter några veckor fick han en kallelse för den första kontrollen. Han skulle ta sig till sjukhuset med hjälp av den så kallade sjukresebussen som utan kostnad körde patienter till sjukhuset några gånger per dag. Eftersom han hade tid klockan nio så fick han åka från trygghetsboendet redan klockan sju på morgonen.

Han kom fram i god tid och anmälde sig i receptionen när han fick se en man som han tyckte sig känna igen. Han tyckte att mannen liknade gamle Bosse och det dröjde innan han tog mod till sig och gick fram och frågade. Han kom ihåg Bosse från sin barndom när han tillbringade somrarna hos sina morföräldrar som hade ett sommarställe ute i skärgården. Bosse hade en liten gård och för att få ekonomin att gå ihop så fiskade han. Han sålde fisken och kunde på detta sätt klara sitt uppehälle. Han hade levt ett hårt och fattigt liv och Gustav undrade om han fortfarande kunde vara vid liv. Han hade träffat rätt för det var gamle Bosse som han mindes från sin barndom.

Bosse blev mycket glad när han fick se Gustav. Han berättade att han nu hunnit bli åttiofem år gammal och att han bodde på ett så kallat Särskilt boende i länshuvudstaden. Särskilt boende innebar att han fick vård dygnet runt. Han berättade att han besökte sjukhuset med jämna mellanrum och för det mesta har han med sig en ledsagare men eftersom det var så många på hans boende som blivit sjuka så hade han fått åka ensam med så kallad sjuktransport.

Bosse berättade att han för några år sedan fick veta att han hade fått prostatacancer och att hans rygg var utsliten och att hans ben inte längre bar honom. Han hade fått veta att hans prostata var fyra gånger för stor och att han skulle få stå i kö för en operation men han visste inte när han skulle bli opererad eller om han någonsin skulle bli det. Han ansåg att det kunde kvitta eftersom han påpekade att han var gammal och att han snart skulle dö. Han berättade också att han efter pensioneringen flyttade in till staden till en lägenhet om ett rum och kök.

Han gick ofta på kontroller och dessa blev både långa och kostsamma. Han fick åka sjukresetaxi både fram och tillbaka och detta kostade tvåhundra kronor per gång trots att han bodde bara trehundra meter från sjukhuset. Han hade kunnat åka billigare med färdtjänsten men med den fick man inte åka till sjukhuset. Bosse fick också betala. Gustav insåg att operationen av Bosse inte skulle bli av och att läkarkontrollen gjordes för att det skulle se ut som att något gjordes.

En månad senare kunde Gustav läsa i tidningen att Bosse avlidit och han kände både sorg och glädje över detta. Sorg över att han mist en god vän och glädje över att ingen längre kunde skada honom.

KAPITEL 11

Anton hör av sig

En sen eftermiddag när Gustav just kommit tillbaka från en aktivitet på Träffpunkten så ringde hans telefon. Rösten i andra änden tillhörde Anton som var hans gode vän sedan ungdomsåren och som han ett halvår tidigare återupptog bekantskapen med.   Anton bodde numera i Rinkeby.   Han befann sig emellertid inte i Rinkeby när han ringde utan på Karolinska sjukhuset.

Han hade blivit attackerad av en islamist som tydligen fått veta att hans inställning till den muslimska majoriteten inte var positiv. Han hade fått brännskador av en så kallad Molotovcocktail och han var i dåligt skick när han kom in på sjukhuset.   Han ansåg att han inte fick den vård som han behövde på sjukhuset och han ville inte flytta tillbaka hem till Rinkeby eftersom han ansåg att det var livsfarligt att bo där.   Han ville veta om Gustav kände till om det fanns någon ledig lägenhet i det trygghetsboende där Gustav bodde.

Anton hade bedömts vara för gammal för att få den vård han behövde och han upplevde vården som någon slags passiv förvaring. Gustav lovade att undersöka detta men han var orolig för att det skulle bli problem eftersom Anton var mantalsskriven i en annan kommun. Gustav trodde att det skulle gå om Antons hemkommun skulle svara för samtliga kostnader för hans boende. Några dagar senare förmedlade Gustav dessa uppgifter till Anton men det skulle dröja länge innan Anton hörde av sig nästa gång.

Efter någon månad tog Gustav åter kontakt med Anton som fortfarande var kvar på sjukhuset. Han fick veta att Anton fått svåra skador och att han inte kunde klara sig i en egen lägenhet utan väldigt mycket hjälp och hans hemkommun kunde inte erbjuda en annan lägenhet. Sjukhuset hade varit i kontakt med Antons hemkommun men inte kunnat få fram någon lägenhet. Antons hemkommun hade varit i kontakt med Gustavs men denna hade avböjt när de fått kunskap om Antons hälsotillstånd. Antons hemkommun var hårt drabbad av människor som skadats av islamister.

KAPITEL 12

Doktorn vet bäst

Viktor hade bott på trygghetsboendet i cirka ett år. Han har under senare år haft problem med sin prostata och han har genomgått en prostataoperation. Han hade också vid flera tillfällen blivit opererad för så kallade blåsstenar i urinblåsan. Han hade fram till nu klarat av sin sjukdom men en dag vaknade han med svåra ryggsmärtor och han kunde lokalisera värken till båda sidor av ryggen.

Han bestämde sig för att besöka akutkliniken vid ortens sjukhus men innan han gick dit kontaktade han sin syster som hade arbetat som sjuksköterska under hala sin yrkesverksamma tid och hon rådde honom att begära en röntgen av njurarna eftersom hon befarade att värken kom därifrån.

På akutkliniken var kön lång av vårdsökande patienter och alla skulle behandlas i tur och ordning.

Kliniken bemannades av en underläkare som också hade det medicinska ansvaret för två vårdavdelningar vid sjukhuset. Väntan blev därför lång och för Viktor blev den svår på grund av den svåra värken. När han till slut fick träffa doktorn begärde han omgående att hans njurar skulle röntgas men han fick veta att detta var otänkbart eftersom någon röntgen inte var beställd och att han inte hade någon remiss.

Viktor gav sig inte och hävdade att värken kom från njurarna varpå läkaren gav med sig och skrev ut en remiss till akutröntgen. Efter det att röntgenresultatet blev känt meddelade läkaren Viktor att njurarna var friska men samma läkare skrev in i hans journal att han hade svår njursvikt. Viktor begärde att få en remiss till länssjukhuset och lovades detta. Han fick besked om att han säkert skulle få komma dit inom en vecka.

Efter en vecka kontaktade han länssjukhuset och fick veta att de inte fått någon remiss varpå han åter besökte sjukhuset och fick veta att de hade glömt att skicka iväg den men de lovade att göra detta omgående. Det blev fortsatt väntan på besked som inte tycktes komma.

Efter ytterligare någon vecka blev värken så svår att han åter besökte sjukhuset för att få medicin för att lindra värken. Efter cirka fem timmars väntan fick han träffa en läkare som gav honom en medicin som hette Tradolan som var stark och narkotikaklassad. Läkaren hade troligen inte läst i Viktors journal eftersom han tydligen inte visste om att han hade svår njursvikt och

Viktor fick åka hem med den utskrivna medicinen.

Efter några dagar kom hans son in i hans sovrum och fann Viktor liggande medvetslös i sängen. Det blev ambulans till regionsjukhuset där han lades i respirator. Bedömningen från läkarna var att Viktor inte skulle överleva. Han fick en hel del behandling. Bland annat sattes det in katetrar från njurarna som kopplades till urinblåsan. Han hade också blodförgiftning och flera svåra infektioner.

Viktor överlevde vecka efter vecka i sin respirator och efter fem veckor hade sjukhuset fått bukt med Viktors sjukdom och han fick lämna respiratorn och flytta över till en rehabiliteringsavdelning. När han kom dit vägde han bara trettiotvå kilo och han kunde vare sig gå eller sitta. Han fick komma tillbaka i sin egen takt och efter sex veckor på denna avdelning så fick han komma hem till sin bostad eftersom han ansågs vara medicinskt färdigbehandlad.

Han kunde inte klara sig själv utan måste ha mycket hjälp från hemtjänsten. Viktors fall engagerade de flesta av hyrocgästorna på trygghctsboendet och en kväll fick han besök av Gustav som ville höra Viktors berättelse.

Gustav hjälpte Viktor att beställa sjukjournalerna från båda sjukhusen och med hjälp av dessa kunde konstateras att Viktor inte fått någon information om att han hade svår njursvikt och att den läkare som skrivit ut Tradolan begått ett allvarligt brott eftersom han var skyldig att läsa journalen innan behandlingen påbörjades.

Nu kontaktade de även John som hade de juridiska kunskaperna. John ansåg att han borde anmäla sjukhuset till Inspektion för vård och omsorg som hade till uppgift att granska sjukvården i landet. Han ansåg också att den läkare som ordinerat Tradolan borde polisanmälas eftersom han enligt John gjort sig skyldig till vållande till kroppsskada. Samtalet resulterade i en polisanmälan mot läkaren samt en anmälan till Inspektionen för vård och omsorg.

KAPITEL 13

Den rättsliga processen

Den rättsliga processen blev lång och omfattande. Den anmälan som först kom igång och behandlades var anmälan mot den läkare som ordinerade Tradolan. När händelsen med Viktor inträffade var läkaren en så kallad AT-läkare men nu hade han tagit sin examen och arbetade i en kommun i Norrland.

En AT-läkare arbetar under ledning av en utbildad läkare och är skyldig att samråda med denne i varje enskilt fall. Det var således denna läkare som hade ansvaret för det som gjordes. Det kunde emellertid konstateras att denne läkare inte hade informerats av AT-läkaren och att han inte visste någonting om patienten.

AT-läkaren försvarade sig med att han hade ett stort antal patienter som väntade på behandling och att detta tvingade honom att avstå från att läsa Viktors journal. Han hade också på grund av den stora arbetsbördan tvingats att underlåta att kontakta sin handledare. Ansvaret skulle i så fall ligga på sjukhusledningen som inte sett till att mottagningen var bemannad i förhållande till behovet. Sjukhusledningen skyllde ifrån sig ty i det här landet gäller syndabockstänkande. Det gäller att förneka alla fel för att inte själv råka i klistret. Polismyndigheten kunde konstatera att Viktor blivit utsatt för vållande till kroppsskada men att ingen skulle kunna åtalas för detta brott.

Anmälan mot sjukhuset blev betydligt jobbigare och det tog nästan tre år innan Inspektionen för vård och omsorg fattade sitt beslut. Dröjsmålet sades bero på en omorganisation av verksamheten och sådana skall man ta till om man vill förhala. När en omorganisation beslutats arbetar personalen på halvfart eftersom de inte vet om de får vara kvar i den och när omorganisationen väl är genomförd så tar det tid innan den börjar fungera fullt ut.

Det började med att Viktors sjukjournaler begärdes in och så småningom begärdes yttrande in från sjukhusledningen vid ortens sjukhus. I yttrandet framkom en rad gamla och ovidkommande uppgifter. De flesta fel som anfördes ansågs bero på Viktor själv. Det enda sjukhusledningen ville ta på sig var att de underlåtit att skicka in remissen till länssjukhuset vilket var orsak till att han inte fick någon vård där.

Under handläggningstiden bytte ärendet handläggare flera gånger och varje handläggare fick ägna tid åt att sätta in sig i ärendet. Efter nästan tre år kom så beslutet från Inspektion för vård och omsorg och detta beslut innehöll mycket allvarlig kritik av sjukhusets behandling av Viktor.

Eftersom Gustav och John var rädda för att det inträffade skulle falla i glömska så föreslog de att Viktor skulle kontakta ortstidningen för att få hjälp med att informera kommuninvånarna om att deras sjukhus kunde vara livsfarligt att besöka. Han blev intervjuad i ortstidningen och träffade sedan ett stort antal människor som berättade att även de blivit felbehandlade. Flera av dem hade varit nära att mista livet. Viktor fick ett blygsamt skadestånd och därmed var den frågan utagerad.

KAPITEL 14

En gammal
människa har
inget värde

Gustav mindes från sin ungdom att han en gång träffade en politiker som besökte hans arbetsplats. Besöket hade gjorts som ett led i valrörelsen. Han gjorde ett uttalande som förbryllat Gustav under många år. Politikerns budskap var: "En anställd som avlider dagen efter att han går i pension är rätt utnyttjad."

Gustav reagerade inte nämnvärt när uttalandet gjordes men efter det att han själv blivit gammal så kom han ofta att tänka på detta uttalande. Vi lever allt längre och detta ställer stora krav på sjukvården. Det är troligen därför som sockensnåla politiker och byråkrater försöker minska tillgängligheten för äldre.   Resurserna satsas i första hand på de som arbetar och som bidrar med skattepengar.   Pensionärer betraktas som tärande på samhällets resurser även om de arbetat ihop till sin pension och betalar skatt på denna.

Detta blev ett stort diskussionsämne på trygghetsboendet och det hördes ilskna kommentarer från flertalet. De flesta påminde om att det var de som byggde upp välfärden i landet och de kunde inte acceptera att de inte skulle ha lika stor rätt till sjukvård som de som var yngre.   För produktionen är det viktigt att de människor som arbetar får snabb sjukvård och de som gjort sitt i arbetslivet får komma i andra hand. Detta för att administrationen skall hållas levande och att sockensnåla politiker skall slippa att höja skatten.

KAPITEL 15

Var det bättre förr?

Detta var en fråga som diskuterades flitigt på det boende där Gustav bodde. Det fanns givetvis många synpunkter på detta men alla var överens om att samhället hade förändrats och att behovet av sjukvård idag är något helt annat än vad det var förr i tiden.

Gamle Karl som var född på Nittonhundratjugotalet berättade att de flesta människor då bodde på landet och försörjde sig på jordbruk. Inkomsterna var små men stress var ett okänt begrepp. Man arbetade i den takt man orkade och det man inte hann med fick vänta tills nästa dag. Det fanns behov av läkare även på den tiden men inte i samma utsträckning som nu.

I mitten av nittonhundratalet hade industrin kommit

igång på allvar och det skulle användas maskiner till allt. Detta innebar ökad stress. Av detta följde att människor drabbades av sjukdomar som förut var okända och alla så kallade enkla jobb rationaliserades bort och ersattes med datorer och maskiner. Tempot och stressen innebar större behov av sjukvård.

En annan faktor som påverkar behovet av sjukvård är att vi lever längre än förr och detta har fört med sig att vi drabbas av flera och svårare sjukdomar. Karl fick medhåll av de flesta på trygghetsboendet men de flesta ansåg att sjukvård skulle ges i förhållande till behovet och om det hade klarlagts att pensionärer hade störst behov av sjukvård så borde det satsas på dem.

Det faktum att sjukvården skulle satsas på de som arbetade ansåg de flesta vara fel. I stället för att prioritera sjukvården för dem som behöver den bäst så försöker man att försvåra för dessa genom minskad tillgänglighet och höjda avgifter. Det verkar som om man vill ha bort de äldre från sjukvården.

KAPITEL 16

Ett överraskande telefonsamtal

Gustav befann sig i sin lägenhet och satt vid sin TV och tittade på nyhetsprogrammet när telefonen ringde. När han lyfte telefonluren blev han inte lite förvånad. Det var Anna som ringde. De hade träffats cirka tjugo år tidigare på ett pensionat i Bergslagen och när de skildes åt hade de lovat varandra att hålla kontakten men de hade inte setts sedan dess.

Anna som nu hade hunnit bli åttiofem år gammal talade om att hon bodde i en liten lägenhet för äldre inom Stockholms kommun och hon var långt ifrån frisk. Hon kunde inte klara sig själv utan hjälp och genom sjukvården hade hon fått reda på att hon hade cancer i flera delar av kroppen.

Hon hade otaliga gånger besökt sjukhuset men hon hade aldrig upplevt att hon fått någon hjälp. "De anser att jag är för gammal och de vill nog att jag skall dö eftersom jag nog anses vara en belastning för samhället", sade hon. Hon hade försökt att få tag i Gustav under många år och när hon träffat en av hans vänner så hade hon fått hans adress och telefonnummer. Hon ringde honom därför att hon behövde någon att prata med och hon hade fått stort förtroende för Gustav när de träffades på Lexbo pensionat ett tjugotal år tidigare.

Gustav kom väl ihåg Anna från den tiden och han fick dåligt samvete för att han inte höll sitt löfte att hålla kontakten med henne. Han berättade om sitt nya liv på trygghetsboendet och det verkade som om Anna blev imponerad av hans berättelse. "Tänk att få ha det som du", sade hon och tillade att hon fick klara sig bäst hon kunde ibland gick hon på kontroll på sjukhuset men den enda hjälp hon fick var morfintabletter. Hon ansåg att morfinet bara gjorde henne sämre.

Gustav blev upprörd över hennes berättelse och han var osäker på att läkarna försökte ta livet av Anna och han ifrågasatte om det var detta som var sjukvårdens uppgift. Han hade trott att sjukvårdens uppgift var att göra sjuka människor friska. Gustav föreslog att Anna skulle hälsa på honom och han gav henne sin adress. Men Anna förklarade att hon inte orkade resa någonstans och hon bad Gustav att besöka henne och så blev det bestämt.

KAPITEL 17

Besöket hos Anna

Gustav hade fått Annas adress men trots att han var väl orienterad i Stockholm och dess förorter så hade han svårt att hitta rätt.   Han hade tänkt sig ett serviceboende med alla dess bekvämligheter och möjligheter till daglig hjälp men han kom till en omodern tvårumslägenhet där det inte fanns tillgång till hemtjänst inom närområdet.

Han ringde på dörrklockan och Anna kom och öppnade.   Hon var i ett bedrövligt skick och hon påminde inte om den Anna som han träffade på Lexbo pensionat tjugo år tidigare.   Hon var mager och insjunken och såg mera ut som ett levande lik än som en människa. Hon var glad att få träffa honom igen och försökte berätta det för honom men hon hade problem med att hitta de rätta orden.

Hon hade kokat kaffe som hon bjöd Gustav på och

så började de prata. Eftersom det var skralt med Annas minne så var det mest Gustav som förde ordet. Han förstod att Anna hade ont och att det var därför som hon åt morfin. Han förstod också att det inte fanns något intresse från läkarna att angripa själva sjukdomen. Det ansågs tydligen bäst att låta sjukdomen ha sitt förlopp. Hon skulle ändå dö, ju förr dess bättre. Morfinet skulle i alla fall lindra smärtan och hon skulle få mindre värk den tid hon hade kvar att leva.

Gustav insåg att något måste göras och det snabbt. Han frågade Anna om hon ville ha hans hjälp för att komma tillrätta med den sjukvårdsinrättning som var satt att behandla hennes medicinska problem. Hon svarade ja och hon verkade vara tacksam för att han ville hjälpa henne.

Som en första åtgärd bad Gustav om en fullmakt att få föra hennes talan samt en fullmakt att begära och ta del av samtliga sjukjournaler. Anna av sitt samtycke även till detta. Dessa åtgärder verkställdes samma förmiddag och nu var det bara att hoppas på en snabb distribution av sjukjournalerna.

Resten av besöket ägnade de åt att prata om gamla minnen och gladdes över deras nyvunna bekantskap. Anna lovade att höra av sig till Gustav så snart hon fått del av sjukjournalerna.

KAPITEL 18

En alltför lång väntan

Att landstinget arbetar sakta är känt men det är osäkert om detta beror på en stor och dyrbar administration eller om det kan bero på något annat. Det brukar gå långsamt om man inte anser sig ha rent mjöl i påsen.

Gustav som haft en del med sjukvården att göra var medveten om att det brukar ta maximalt två veckor att skicka ut sjukjournaler men veckorna gick och inga journaler kom. Efter cirka en månad skrev Gustav ett brev till sjukhusledningen där han bifogade sin fullmakt och hotade med att anmäla sjukhuset till Inspektionen för vård och omsorg om inte journalerna hade skickats inom fem dagar.

Brevet resulterade i att Anna kallades in till undersökning på sjukhuset men hon ansåg inte att detta besök tjänade någonting till. Efter ytterligare några dagar skickades journalerna tillsammans med en rad ursäkter men Gustav förstod att de var rädda för vad som skulle hända om journalerna skulle offentliggöras. Anna lades in på sjukhuset för att man skulle försöka att hitta ett sätt att rädda hennes liv.

Under tiden ägnade Gustav all sin tid åt att läsa igenom sjukjournalerna och han blev alltmera betänksam ju mera han läste. Det framkom att Annas sjukdom hade kunnat behandlas redan när hon besökte sjukhuset för första gången eftersom cancern då inte hade hunnit sprida sig och den varit möjlig att operera. Han ansåg att det var uppenbart att sjukhuset inte ville rädda hennes liv eftersom hon var pensionär.

Han tog kontakt med John som lovade att deras samtal inte skulle föras vidare. Båda var överens om att Gustav skulle anmäla sjukhuset till Inspektionen för vård och omsorg och detta gjordes redan påföljande dag och med anmälan skickade han kopior på samtliga sjukjournaler.

KAPITEL 19

Varför har sjukhuset ändrat strategi?

Gustav hälsade på Anna på sjukhuset så ofta han kunde men han tyckte inte att han fick så mycket kontakt med henne. Hon verkade vara starkt neddrogad och när han frågade läkarna om hennes hälsotillstånd fick han undvikande svar. När han bad att få veta varför hon inte fått adekvat vård från början så fick han en utskällning i stället för ett besked.

Han bad också att få veta vilken behandling hon fick och varför och då fick han veta att man utredde hennes sjukdom för att hitta en möjlighet att bota den men när Gustav påpekade att detta borde gjorts tidigare så fick han inga flera svar på sina frågor.

Gustav förstod att det fanns en del som inte stämde och han var övertygad om att sjukhuset hade fått kalla fötter efter hans anmälan till Inspektionen för vård och omsorg. I sitt yttrande till denna tillsynsmyndighet tog de fram allt positivt och förnekade att de var orsaken till att Annas sjukdom förvärrades. Det gällde att svära sig fri från ansvar och då kunde man ta till vilka valser som helst. Så fungerar byråkratin i landet. Gustav var övertygad om att de försökte hålla Anna vid liv så länge som möjligt men att hon låg på sjukhuset bara för att dö och att det var för sent att göra henne frisk.

När han kom tillbaka till trygghetsboendet kontaktade han John som till fullo delade hans åsikter och lovade att hjälpa honom i den juridiska processen mot sjukhuset. Gustav tackade honom och de lovade varandra att allt arbete skulle ske i tysthet.

KAPITEL 20

Processen hos Inspektionen för vård och omsorg

Processen hos inspektionen för vård och omsorg blev både långdragen och tidsödande. Gustav skickade in sin anmälan tillsammans med ett stort antal sjukjournaler. Av dessa framgick att Anna sökt vård på sjukhuset på grund av smärtor i underlivet. Efter en undersökning fick man fram att hon hade en cancertumör och hon fick strålbehandling för denna. Hon lades inte in på sjukhuset utan fick besöka detta en gång om dagen så länge behandlingen pågick.

Behandlingen var inte framgångsrik vilket var orsak till att hon fick besöka sjukhuset på nytt. Det konstaterades att tumören spridit sig till andra organ i kroppen. Tumören hade spridit sig till livmodern vilken opererades bort. Även denna åtgärd var otillräcklig och det konstaterades att sjukdomen spridit sig till ytterligare organ.

Sedan dess har ingen behandling satts in utöver morfin. Detta hade pågått i många år och nu hade tumörerna spridit sig till större delen av kroppen. Sjukhusledningen hade i sitt yttrande framhållit att de gjort vad de kunnat göra för Anna men att flera olyckliga omständigheter bidragit till att de inte kunnat få bukt med hennes sjukdom. Sjukhusledningen ansåg dock att sjukdomen hade spridit sig så mycket att den inte gick att bota.

Gustav och John skev gemensamt ihop ett svar. Det skall också sägas att Gustav under hela den tid som han arbetade med ärendet haft regelbunden dialog med Annas äldre broder och att han till fullo stödde allt som Gustav gjorde.

När processen var avslutad följde en lång väntan innan Inspektionen för vård och omsorg fällde sitt beslut och under tiden avled Anna. Gustav var förstås med på begravningen tillsammans med de få släktingar som Anna hade.

KAPITEL 21

Beslutet från Inspektionen för vård och omsorg

Det tog nästan ett helt år men till slut kom beslutet från inspektionen för vård och omsorg. Beslutet var omfattande och avsåg Annas hela sjukdomsperiod. Följande synpunkter lades fram:

1. När sjukhuset kom fram till att Anna hade cancer kunde strålbehandling ses som en lämplig åtgärd men sjukhuset borde gjort en snabbare uppföljning för att ta reda på om sjukdomen hade spridit sig.

2. När sjukhuset för andra gången undersökte Anna och konstaterade att sjukdomen spridit sig till livmodern så kunde det vara en adekvat åtgärd att ta bort denna.

Men sjukhuset borde ha tagit reda på om cancern spridit sig ytterligare. Det som sedan hände, att Anna skickades hem med morfinbehandling, var helt förkastligt och var troligen orsaken till att Anna slutligen avled. Sjukhuset skulle ha fortsatt att utreda hennes sjukdom tills det var ställt utom allt tvivel att de fått bort hennes tumörer.

Sammantaget var kritiken mot sjukhuset mycket hård och det kunde ifrågasättas om inte de uteblivna åtgärderna hade orsakat Annas död. Rapporten var både stark och omfattande och både Gustav och John gick igenom den noga innan de bestämde vad de skulle göra. De kontaktade Annas bror, som för övrigt hette Per Olov, och bjöd in honom till den fortsatta diskussionen. Ett erbjudande som han tackade ja till.

Brodern som var i 80-årsåldern infann sig på deras trygghetsboende bara några dagar efter det han kontaktats av Gustav och John. Han lät dem förstå att han var mycket tacksam för den hjälp som hans syster fått av dem och att hon ofta pratat om Gustav som hon träffat tjugo år tidigare. De tre personerna åt lunch på restaurangen och samlades sedan i Gustavs lägenhet för att planera nästa åtgärd.

John ansåg att den ansvarige överläkaren borde stämmas inför domstol för grovt vållande till annans död. Han ansåg att denne borde ha tagit reda på var metastaserna fanns innan strålbehandlingen påbörjades. När livmodern togs bort så borde sjukhuset ha tagit reda på om det fanns några andra metastaser. Att så inte skedde ansåg John vara tjänstefel.

Gustav menade att det fanns ett problem. Under de tio år som Annas vård pågick så har sjukhuset haft tre ansvariga läkare. John menade att man kunde stämma in alla tre läkarna till domstol eller chefsöverläkaren som varit densamma under de tio år som vården pågick. Gustav ansåg att alla fyra läkarna borde stämmas in eftersom de alla var skyldiga till den felbedömning som orsakat Annas död.

De fick också medhåll från Per Olov till denna åtgärd. De skulle också kräva skadestånd av dem alla fyra samt även ansöka om en stor ersättning från patientförsäkringen för den händelse att domstolen inte skulle döma till deras fördel. De anlitade Gustav och John som juridiska ombud och så var processen i gång.

KAPITEL 22

Juridiken

De tre männen skickade in en polisanmälan mot de fyra läkarna och polisutredningen kom igång ganska snabbt. Redan efter någon vecka fick de det första livstecknet när Gustav fick ett telefonsamtal från ortstidningen. Tidningen var i färd med att skriva om historien. Gustav meddelade att det var ett känsligt läge och att han inte ville uttala sig.

Han hänvisade till polisen om de ville ha upplysningar. Polisutredningen avsåg misstanke om brott mot fyra läkare men det framkom snart att två av dem lämnat landet och återvänt till sina hemländer. Då fanns det bara två läkare kvar som kunde åtalas i Sverige.

Det blev ingen lätt uppgift för de poliser som var avdelade att utreda ärendet. Båda läkarna kom med juridiska ombud och de var välinformerade om vad de skulle säga. De skyllde på varandra och på de två läkare som hade flyttat från landet. Dessa kunde ju inte åtalas i Sverige. Polisen kunde också konstatera att dessa läkare hade tjänstgjort under den period när Anna skickats hem med morfintabletter.

Sjukhuschefen hävdade att han inte blev informerad om behandlingen av Anna men han var förstås medveten om att han hade huvudansvaret för det som hände på sjukhuset. Den andra överläkaren hade ansvaret för Anna i initialskedet och det var han som beordrade strålbehandlingen. Han hade förutsatt att man före behandlingen förvissat sig om att alla tumörer hade lokaliserats.

Det bestämdes att förhör skulle hållas med de övriga två läkarna som arbetade i Chile och efter en lång väntan fick utredarna tillstånd att resa till Chile för att prata med dem. Inte heller detta gav särskilt mycket.

Den ene läkaren tjänstgjorde när Anna hade en tumör i livmodern och då fanns ingenting annat att göra än att ta bort den. Den andra läkaren hade tjänstgjort under de gånger som Anna besökt sjukhuset på grund av smärta. Hon hade varit angripen av metastaser i hela kroppen och han hade ordinerat morfin för att lindra hennes smärta. Han ansåg att det som kunde ha gjorts för Anna borde ha gjorts tidigare. Polisutredningen var färdig och nu återstod bara att ta kontakt med åklagaren som fick en hel del att fundera över.

Sjukhusets behandling av Anna hade lämnat mycket i övrigt att önska och det var uppenbart att hon hade kunnat bli frisk om hon fått rätt behandling i tid. Frågan var bara vem som bar ansvaret? Överläkaren som beordrade strålbehandlingen borde ha tagit reda på var tumörerna fanns och om de hade spridit sig sedan föregående undersökning. Denna läkare, som förövrigt hette Anders, hävdade att en sådan undersökning gjordes men att man inte hittat några andra tumörer än de som strålats bort. Han menade att de tumörer som fanns hade tillkommit i efterhand.

Sjukhuschefen kunde erinra sig att han vid något tillfälle blev informerad om Anna men eftersom sjukhuset hade tusentals patienter varje år så kunde han inte ge någon detaljerad information. Det fanns dock inte något om denna information i Annas sjukjournal.

Chefsöverläkaren ville också framhålla att verksamheten vid sjukhuset var slimmad och alla läkare och sjuksköterskor hade för många uppgifter. Ansvaret för detta vilade på politikerna som till varje pris ville spara pengar. Sjukvården skulle kosta så lite som möjligt för att landstingsskatten skulle kunna hållas nere. Han menade att många kompetenta läkare sökte sig till andra länder där arbetsmiljön var betydligt bättre.

Åklagaren ansåg att Annas död orsakats av sjukhusets försumlighet men att någon enskild person inte kunde åtalas. Gustav och John vände sig nu till Justitiekanslern som kom att väcka frågan om läkarnas behörighet hos Hälso- och sjukvårdens ansvarsnämnd. Inte heller de ansåg att man hade tillräckligt för att dra in någon enskild läkare legitimation.

Som en sista utväg drog Gustav och John nu igång en civilrättslig process mot sjukhuset. Formellt sett var det Per Olov som stod bakom stämningen men det var Gustav och John som var hans juridiska ombud. Man krävde ett mycket stort skadestånd. Beloppet var i alla fall stort sett ur ett svenskt perspektiv. I tingsrätten vann Gustav och John men landstinget överklagade naturligtvis domen till hovrätten.

Hela denna juridiska process tog mycket lång tid men slutligen kom Hovrätten att fastställa tingsrättens dom. Landstinget vände sig nu till högsta domstolen men där nekades man prövningstillstånd. Gustav och John hade vunnit mot landstinget och lyckades alltså till slut skipa en viss rättvisa i fallet Anna.

Epilog

Eftermälet kan sammanfattas på följande sätt: Historien om Annas död uppmärksammades av lokalpressen som nu för en lång tid framöver skulle ha något att skriva om. Annas bror Per Olov tog kontakt med Gustav och bjöd in honom och John till sitt sommarställe. Han föreslog att de båda borde få ta del av skadeståndspengarna.